*für alle Nasenbohrer und Nasenbohrerinnen
und mit besonderem Dank
an meine liebe Familie*

Über den Autor:

C.G. Alexander wurde Anfang der siebziger Jahre in Nordbaden geboren und lebt mit seiner Familie in Unterfranken, wo er neben dem Schreiben von Texten liebend gerne auch seinen Leidenschaften Fotografie, Lyrik und Sport nachgeht.

Für sein kreatives Tun schöpft er aus einem Schatz von Erfahrungen und Erlebnissen sehr verschiedener Berufe, mit der Absicht, den Lesern über ein paar vergnügliche Stunden hinaus auch immer ein paar hilfreiche Anstupser zu geben.

Weitere Infos, Kontakt und Verkauf von Büchern und Fotografien über:

www.cg-alexander.de

C.G. Alexander

WIR SIND ALLE NASENBOHRER

...am Donnerstag

Bibliografische Information der Deutschen Nationalbibliothek: Die Deutsche Nationalbibliothek verzeichnet diese Publikation in der Deutschen Nationalbibliografie; detaillierte bibliografische Daten sind im Internet über http://dnb.dnb.de abrufbar.

TWENTYSIX – Der Self-Publishing-Verlag
Eine Kooperation zwischen der Verlagsgruppe Random House und BoD – Books on Demand

© 2017 C.G. Alexander

Herstellung und Verlag:
BoD – Books on Demand, Norderstedt

ISBN: 978-3-740-73140-3

Fotografien: C.G. Alexander
Hahn-Illustrationen: Anna-Maria Gans

Inhalt

Wir sind alle Nasenbohrer (hier und jetzt):   S. 7

Brandneue Erkenntnisse über das Nasenbohren und seine weit reichenden Auswirkungen - „Wiederverwerter" oder „Entsorger"? - Das ist hier die Frage...

Geschichte „**Kochen für Jesus**" (Ortsrand von Jerusalem, Donnerstag, den 06.04.0030):   S. 14

Ein vegetarischer Koch hat die Ehre, Gastgeber für das historische Abendmahl Jesu Christi zu sein, ohne zu ahnen, wie dramatisch sich der Tag entwickeln würde...

Geschichte „**Kubizek rennt**" (Wien, am 08.02.1972/ Donnerstag, den 04.04.1907)   S. 38

Der alte Herr Kubizek erzählt die Geschichte vom Tag der Aufnahmeprüfung seines ehemaligen Mitbewohners Adolfus Hitler an der Kunstakademie in Wien. An geraden Tagen geht sie gut aus...

Geschichte „**Heimlicher Christian**" (Wildenbuch a.M., Vatertag, am 05.05.2016)   S. 50

Christian denkt am Vatertag klar und deutlich und ohne ein Blatt vors Gehirn zu nehmen nach über extreme Ernährung, digitale Stammtische, überflüssige Politiker und spezielle Probleme von Männern...

Geschichte „**Der Natur-Coach und die Klasse-Frau**" (Spessart, Donnerstag, den 08.09.2016)   S. 84

Ein Natur-Coach geht mit einer attraktiven Frau einen Tag lang in den Wald, um ihr mit Hilfe von Naturerlebnissen und einfachen Übungen bei der Bewältigung ihre Lebenskrise zu helfen – mit überraschenden Lösungen...

Leseanleitung und Gruß

Liebe Leserin, lieber Leser,

natürlich möchte ich Ihnen nicht vorschreiben, wie Sie dieses Buch lesen sollen. Gerne können Sie wie gewohnt vorne beginnen und hinten aufhören. Dies ist aber ausnahmsweise bei diesem Buch nicht notwendig. - Vielleicht lassen Sie sich auf ein kleines Experiment ein, zu dem ich Sie herzlich einlade.

Dabei lassen Sie einfach Ihre Intuition, Ihr Bauchgefühl, entscheiden, in welcher Reihenfolge Sie nach dem Prolog über das Nasenbohren die vier folgenden Geschichten lesen.

Wie genau? - Dazu sehen Sie sich bitte nacheinander zunächst nur die Haiku-Fotografien vor den jeweiligen Geschichten an. Sie finden jeweils eine auf den Seiten 14, 38, 50 und 84. Wenn Sie die Bilder betrachtet und die dazu gehörigen kurzen Haiku-Gedichte ein bis dreimal gelesen haben, legen sie bitte ganz intuitiv und aus dem Gefühl heraus eine für Sie in diesem Moment stimmige Lese-Reihenfolge fest, die Sie am besten auch kurz notieren. - Und lesen dann in dieser Reihenfolge.

Viel Spaß dabei!

Ich bin gespannt auf Rückmeldungen zu Ihren Leseerfahrungen. Gerne direkt an mich über meine Autorenseite: **www.cg-alexander.de** oder als persönliche Bewertung bei anderen Online-Verkaufsstellen (z.B. buch7.de, buecher.de, buch.de oder amazon.de).

Vielen Dank,
mit herzlichen Grüßen,
Ihr C.G. Alexander.

Wir sind alle Nasenbohrer
(Prolog für 4 Geschichten)

Es beginnt meistens mit dem diffusen Gefühl, durch die Löcher der eigenen Nase nicht soviel Luft zu bekommen wie idealerweise möglich wäre oder dem ganz konkreten Bemerken, dass etwas im Riechkolben stört, das da weg muss. Manchmal ist es auch begleitet von einem unangenehmen plötzlich auftretenden Jucken. All diese Wahrnehmungen haben gleichermaßen zur Folge, dass wir unsere bevorzugte Popelhand in Richtung der betroffenen Stelle im eigenen Zinken bewegen. Das Anfassen einer fremden Nase käme freilich nie in den Sinn. Die Bewegung geschieht sehr häufig unbewusst wie ein Reflex. Selten schaltet sich der Verstand mit ein, zum Beispiel mit der Forderung, ein Taschentuch geöffnet bereit zu halten. Wahlweise mit dem Ziel, die Störfaktoren hygienisch korrekt entsorgen zu können oder bei potenziellen Beobachtern das Gefühl von Ekel auf ein sozial verträgliches Maß zu minimieren.

Welche Folgehandlungen nach dem Einführen des Fingers in die Nase eingeleitet werden, hängt ganz wesentlich davon ab, welcher Gattung von Nasenbohrern der jeweilige Mensch angehört:

Entsorger oder Wiederverwerter? – Das ist die entscheidende Frage.

Bei einer der beiden Spezies kommt die Taschentuch-Variante beim Bohren grundsätzlich nicht in Frage: Der Wiederverwerter, der nur von Angehörigen dieser Gruppe gelegentlich auch Genießer genannt wird, hat keinerlei Interesse daran, seine geborgenen Schätze einfach weg zu tun. Er führt den zuvor erfolgreich in das Nasenloch eingeführten Finger mit der daran klebenden Delikatesse nur ein Stockwerk tiefer wieder in die nächst größere Körperöffnung ein, um die fangfrische weiche Masse wahlweise mit Hilfe der vorderen Schneidezähne oder der gespitzten Zunge zu bergen. Je nach Vorliebe wird der Popel zuvor noch gerne genussvoll zwischen Daumen und Zeigefinger zu einem sehr kleinen Klos von halbfester Konsistenz gerollt. Der Vorgang des Wiederverwertens wird manchmal begleitet von einem kurzen schmatzenden Geräusch, das dazu geeignet ist, bei einem aufmerksamen Beobachter, welcher als Entsorger der anderen

Spezies von Nasenbohrern angehört, das Gefühl von Ekel auf einer Skala von null bis zehn auf eine satte neun zu steigern. Was im Falle einer erotischen Beziehung zum schmatzenden Wiederverwerter den Austausch von Zärtlichkeiten innerhalb der Grenzen des Kurzzeitgedächtnisses unmöglich macht. Genauer: Normales Küssen ist in der nächsten Stunde nicht drin, Zungenküsse für einen ganzen Tag. Dabei ist zu beachten, dass die Zeitrechnung nach jeder Popelmahlzeit von Neuem beginnt. Gerade bei Paaren, die nur wenig Zeit miteinander auf der Couch verbringen, kann das bis hin zum gänzlichen Ausschluss der für die emotionale Bindung so dringend benötigten zärtlichen Handlungen führen.

Gemäß einer aktuellen Studie des Bundesamtes für Olfaktorik und Gustatorik (BOG) können die psychosozialen Folgen daraus sein: emotionale Verarmung – innere Vereinsamung – Trennung auf Zeit – Scheidung – Obdachlosigkeit (in dieser Reihenfolge). In einem konkreten Fall hat sich eine junge Frau, die mit einem ungeniert wiederverwertenden Mann bereits verlobt und von ihm schwanger war, tatsächlich wieder getrennt - für immer. Trotz wiederholter Versuche des Weg-, Über- und Nachsehens hatte sich bei ihr ein großer Ekelberg angestaut, der wie ein überdimensionaler riesiger Popel dafür gesorgt hat, dass sie Ihren Verlobten eines Tages nicht mehr küssen konnte - nie mehr. Bereits der Gedanke daran ließ sie vor Ekel erschaudern und war nicht mehr weg zu bekommen.

Bei älteren Paaren kommt das Phänomen mit den dargestellten Konsequenzen deutlich seltener vor. Die beiden Hauptgründe hierfür liegen auf der Hand: Wegen kürzerer oder gar fehlender Arbeitszeiten haben sie generell mehr gemeinsame Nettozeit, die für den Austausch von Zärtlichkeiten genutzt werden kann. Und natürlich spielt auch die zunehmende altersbedingte Vergesslichkeit eine große Rolle. Sie sorgt dafür, dass die nach wenigen Minuten häufig nur noch rudimentär erinnerten Ekel-Erlebnisse entweder mit verblassten Nach-Kriegsbildern der Entbehrung vermischt und diesen verständnisvoll zugeordnet werden oder dass sie nur noch vage aufblitzen in Gedanken wie: „Da war doch was – weiß nicht mehr – schade – wahrscheinlich egal!" Dadurch haben die Senioren den Jüngeren gegenüber selbstredend deutliche Vorteile bei der Beibehaltung ihres halb-erotischen Pensums.

Generell ist das Popel-Perpetuum-Mobile des Wiederverwerters den Gesetzen der Physik folgend vor allem auf den Energieerhalt ausgerichtet. Genauer: auf die schlichte Aufrechterhaltung der immer gleichen Popelmasse, mit dem allerdings ungewollten Nebeneffekt der steten Erhöhung der innewohnenden Keimzahl durch den unsterilen Finger.

Die Gründe, warum nun der durchschnittliche Wiederverwerter trotz der möglichen drastischen Folgen sein Verhalten nicht ändert, hängen neben einem gehörigen Maß an Unwissenheit vor allem mit den schwer beeinflussbaren Faktoren des Unbewussten zusammen und stehen auf einem besonderen Blatt der Verhaltens-Psychologie. – Zum besseren Verständnis dieser Faktoren finden sich konkrete Beispiele hierfür in den Geschichten dieses Buches.

Zunächst kommen wir aber zur zweiten Nasenbohrer-Fraktion:

Der Entsorger hat ein gänzlich anderes Verhältnis zum Popel an und für sich. Weit entfernt von einer Konsumenten- oder gar Schatzsucher-Mentalität, pflegt er eine sehr nüchterne Beziehung zu ihm nach dem Motto: „Was stört muss weg!". Das Weg-Tun steht klar im Mittelpunkt seiner Handlungen. Als Entsorger 'ent-ledigt' er sich somit der Sorge, die da heißt: „Etwas stört in meiner Nase". Dies tut er in zwei Schritten: zunächst durch wörtliches 'Ent-Fernen' und schließlich durch 'Ent-Sorgen' des Störfaktors im letzten Schritt. Dabei entwickelt der eher sachlich daher kommende Nasenbohrer oft ein erstaunliches Maß an Einfallsreichtum, der sich vor allem auf die Auswahl geeigneter Plätze für die Popel konzentriert. Denn diese müssen ja irgendwo hin.

Doch davor noch zur Annäherung ans Objekt, bei der es übrigens deutliche Parallelen zum Wiederverwerter gibt. Meist hat auch er eine bevorzugte Popelhand, die er in Richtung Nase führt. Welchen Finger er zum Entfernen einführt, hängt auch bei ihm im Wesentlichen von zwei Faktoren ab: erstens von der Lage des Popels im rechten oder linken Nasenloch und zweitens von seiner Konsistenz. Liegt der Störfaktor am äußeren Nasenflügel an, so wird der Nasenbohrer in den meisten Fällen seinen Daumen bevorzugen. Wird der Popel an der Nasenscheidewand lokalisiert, bringt der Einsatz des Zeigefingers aufgrund des günstigeren Drehwinkels regelmäßig mehr Erfolg. Und generell entfaltet der Daumen bei eher trockenen und fester sitzenden Stücken aufgrund seines kurzen Hebels und der breiteren Nagelkante mehr Kraft, um das störende Ding in seiner Gänze lösen und entnehmen zu können.

Nun aber weiter zu den besonderen Verhaltensweisen der Entsorger: Nach der sicheren Entnahme des Objektes im ersten Schritt erfolgt bei ihm in Sekunden-Bruchteilen das taktile Erspüren der Popel-Konsistenz, häufig unterstützt von einem kurzen Blick auf die belegte Fingerkuppe, für die Festlegung, ob der Popel aufgrund seiner Beschaffenheit eher zum Wegschnippen oder zum Abstreifen geeignet ist. Denn das sind die beiden Handlungsmuster, die dem Entsorger in Fleisch und Blut übergegangen sind und seiner Intuition als Alternativen zur Verfügung stehen. Um sich eindeutig für eine der beiden Varianten entscheiden zu können, braucht es dann nur noch kurz die Hilfe seines Verstandes für die blitzschnelle Bewertung der maßgeblichen Umgebungsvariablen in der gerade vorgefundenen Situation:

Ist Wegschnippen sozial verträglich und der Popel fest genug, wird augenblicklich ein Rollmechanismus zwischen Daumen und Zeigefinger ausgelöst mit dem Ziel, ein passendes Kügelchen zu formen, das zum Abschießen von der vorderen Fingerkuppe geeignet ist. Dann geht es nur noch darum, zügig eine akzeptable Wegschnipp-Richtung zu wählen, um im günstigen Augenblick ein recht unspektakuläres Flugmanöver von bis zu einem Meter Länge einzuleiten. Nur bei besonders harter Bodenbeschaffenheit und absoluter Windstille ist am Ende der Flugkurve ein dumpfes Landegeräusch zu vernehmen.

Wenn nun aber eine eher klebrige Feuchte an der Fingerhaut wahrgenommen wird, geht die eindeutige Bestrebung dahin, möglichst schnell eine Lösung für das Abstreifen des Popels zu finden. Dafür richtet sich dann die volle Aufmerksamkeit des Entsorgers auf das Finden eines passenden Platzes für dessen Endlagerung. Sozial einwandfrei wäre hierfür natürlich ein bereit gehaltenes Papiertaschentuch, das aber nach den neuesten Studien der European Academy for Sense-Studies (EAS) in 76% der Fälle nicht zur Verfügung steht. Ergo muss ein anderer Haftpunkt her, der wiederum sehr stark von den vorgefundenen sozialen und technischen Rahmenbedingungen in Verbindung mit der aktuell durchgeführten Haupthandlung beeinflusst wird: So wird zum Beispiel von gerade Auto fahrenden Entsorgern gerne die untere Vorderseite des eigenen Sitzes zum Abstreifen bevorzugt, gefolgt von der - je nach Armlänge - gerade noch erreichbaren Fußmatte. Während auf einem Stuhl Sitzende den klebrigen Popel meist an der Unterseite der eigenen Sitzfläche anbringen, analog zum Verhalten hygienisch unkorrekter Kaugummi-Kauer der Achtziger Jahre des vergangenen Jahrhunderts. In praktisch jeder Situation steht darüber hinaus die eigene Bekleidung zur Verfügung. Beliebte Fixierstellen sind hier zum Beispiel die Nähte und Säume von T-Shirts, Hemden und Hosen oder auch die inneren Ecken von Jeans- oder Jackentaschen. Die Wissenschaftler waren übrigens erstaunt darüber, dass das Entsorgungsproblem bereits fünf bis acht Sekunden nach dessen Lösung praktisch vergessen war und die Testpersonen mir nichts, dir nichts einfach so weitermachten, also ob nichts gewesen wäre.

Alle genannten Entsorgungsvarianten des Wegschnippens oder Abstreifens haben gemeinsam den Vorteil, dass sie nach wenigen Stunden und ganz sicher nach einem Tag der Lufttrocknung einen Großteil ihres Ekel-Potenzials verlieren und bei der nächsten routinemäßigen Reinigung je nach Stelle nebenbei abgesaugt, abgewischt oder weg gewaschen werden können.

Sämtliche Wissenschaftler kamen übereinstimmend zu dem Ergebnis: Für den Entsorger hat der Vorgang mit Genießen rein gar nichts zu tun. Etwaige Assoziationen, wie sie dem Wiederverwerter auch nach einigen Stunden noch eigen sein könnten, etwa mit luftgetrocknetem Schinken oder gehobeltem Trockenobst, liegen dem Entsorger ebenso fern wie der Gedanke an süßes Gelee bei noch feuchten Popeln.

Zur großen Überraschung der Untersuchungsleiter konnte übrigens in keiner der aktuellen Studien ein signifikanter Unterschied zwischen männlichen und weiblichen Nasenbohrern festgestellt werden. Lediglich ein leichter Rückgang von Wiederverwertungsaktivitäten bei Frauen in der Mitte ihres Zyklus' wurde gemessen. Dieser wurde auf die generell erhöhte Empfindsamkeit Gerüchen gegenüber in den Tagen vor und nach der Ovulation zurückgeführt. Bis auf diese kleine Ausnahme scheint somit Nasenbohren ein absolut gleichberechtigtes Phänomen zu sein. Eine Aufnahme in die Agenda von Gleichstellungsbeauftragten und Gleichstellungsbeauftragtinnen ist somit nicht notwendig.

Eine Besonderheit jedoch, die ungewöhnlicher Weise mit dem jeweiligen Wochentag zusammen hängt, verblüffte durchweg alle Wissenschaftler: An Donnerstagen wurde von allen Probanden deutlich mehr in der Nase gebohrt als an anderen Tagen. Nach Auswertung aller Popel-Protokolle konnte hier eine um 58% erhöhte Aktivität festgestellt werden, während es an anderen Wochentagen lediglich eine Varianz, also eine Abweichung vom Durchschnitt, zwischen 0% und 17% gab.

Vielleicht liegt die Ursache für diese sogenannte Donnerstags-Anomalie darin begründet, dass es der letzte volle Arbeitstag der Woche ist, noch ohne Aussicht auf ein freies Wochenende nach Feierabend. Viele unangenehme Dinge stauen sich seit Montag solange an bis die Nase schließlich voll ist. Und mit voller Nase möchte anscheinend keiner in den mit zunehmender Heimfahr-Euphorie aufgeladenen Freitag gehen, an dessen Arbeitsende endlich der Beginn des wohlverdienten Wochenendes liegt.

Die bemerkenswertesten Ergebnisse hat erst im Jahr 2014 eine umfassende Studie des US-amerikanischen MIP (Massachussetts Institute of Psychology) gebracht. In deren Mittelpunkt stand die äußerst spannende Frage, ob es eventuell relevante Zusammenhänge zwischen dem Nasenbohrverhalten der Testpersonen als Entsorger oder Verwerter und deren jeweiligen Versuchen der Lösung anderer persönlicher und meist größerer Probleme gäbe.

Und tatsächlich konnten die Wissenschaftler rund um den japanisch-stämmigen Psychologie-Professor Dr. Kyogi Usso deutliche Korrelationen feststellen:

Menschen, die eindeutig den Wiederverwertern zuzuordnen sind, haben sehr häufig eine Neigung, sich mit ein und dem selben Problem immer wieder zu beschäftigen. Sie haben generell Schwierigkeiten damit, sich von Dingen, die sie eigentlich nicht mehr benötigen oder die sie belasten, zu trennen. Unbewusst hängen sie dabei überdurchschnittlich lange an den wenigen positiven Aspekten, den kleinen Vorteilen, die ihr Problem neben den vielen Nachteilen auch mit sich bringt. - Denn alles hat ja immer zwei Seiten, also auch eine gute. - In der Konsequenz schleppen sie eine um fast 250% größere Menge an belastenden Problemen mit sich herum als Entsorger der gleichen Altersgruppe, weil sie immer wieder die gleichen Probleme wälzen, ohne eine entlastende Lösung zu finden. Hier und da werden die Entsorger deshalb unter Wissenschaftlern manchmal auch abschätzig als Wiederkäuer bezeichnet werden.

Im Gegensatz dazu wurde bei entsorgenden Nasenbohrern in einer Reihe von repräsentativen Feldstudien beobachtet, dass sie sich zu 88% nur solange mit einem persönlichen Problem beschäftigen, wie es objektiv notwendig oder sinnvoll erscheint. Ihnen gelingt es beim Meistern ihrer kleinen und großen Schwierigkeiten oft sehr gut, zu entscheiden, was wann weg getan und somit als erledigt betrachtet werden kann. Und in der

Art und Weise, wie sie ihre Probleme beseitigen, finden sie meist auch eine Vielzahl von alltagstauglichen und somit realistischen Lösungsmöglichkeiten. Beides lies die Wissenschaftler bei den Entsorgern auf eine besonders ausgeprägte Kreativität und hohe praktische Intelligenz schließen. Im Vergleich zu den Wiederverwertern, die wiederum das Genießen in allen Lebenslagen stets in die Top drei der persönlichen Lebensziele wählten.

Somit konnte in beeindruckender Weise nachgewiesen werden, dass es in den westlichen Kulturen deutlich erkennbare Parallelen zwischen den persönlichen Strategien beim Nasenbohren und denen beim Umgang mit individuellen Problemen im Allgemeinen gibt.

Die nun folgenden rein zufällig ausgewählten Geschichten erzählen jeweils von einem entscheidenden Donnerstag aus dem Leben von bekannten und unbekannten Personen, wie sie unterschiedlicher kaum sein könnten. Vielleicht haben Sie Freude daran, zu erkunden und einzuschätzen, ob diese eher den Wiederverwertern oder den Entsorgern zu zu ordnen sind oder...

Rasender Sommer
mit schnellen Schritten erfriert
das Herz in Enge

Kochen für Jesus
(eine Geschichte vom 06.04.0030)

Am nächsten Morgen wird er unter einem alten Olivenbaum aufwachen, mit nichts bedeckt als den ersten Sonnenstrahlen eines völlig neuen Tages. Und er wird sich betrachten wie einen gesäuerten Brotteig vor dem ersten Kneten, mit einer trockenen Portion Angst in der linken und gärender Freude in der rechten Hand, ohne zu wissen, wie er beides zusammen bringen soll.

Wie jeden Tag stehe ich mit dem Zwitschern der Vögel auf, wasche mich kurz mit zwei, drei vollen Händen frischen Wassers, ziehe mir zum Untergewand meinen Leinen über und mache mich alleine mit einem Beutel auf den Weg zum Bach und bis nach oben zur Quelle. Den recht kurzen Weg dorthin nutze ich, um aufzuwachen, mich in Bewegung zu bringen und die Gedanken für den Tag kommen zu lassen. Es ist zu meinem festen Ritual geworden, das ich bei jedem Wetter pflege. Meine Gedanken sind meistens Ideen für Rezepte beim Schlendern auf kargen Wegen mit wenigen Obstgärten und vielen Olivenhainen. Genauso wichtig ist es mir aber, wenig zu denken und mit offenen Sinnen einfach möglichst viel wahr- und aufzunehmen. Sobald ich nachher die Stadtmauer sehen kann, ist es nur noch ein kurzer Weg bis zum Wasser.

Ich gehe ganz ohne Absicht vor mich hin.

Meine Füße finden den Weg ganz alleine. Ohne Anstrengung und leicht entlang des immer gleichen Pfades.

Es bringt mich in die Stimmung, wild gewachsene Zutaten für meinen Tag in der Küche zu finden und in meinem Leinen-Beutel zu sammeln.

Je nach Jahreszeit pflücke ich gerne am Boden Kräuter wie Rossminze, Kreuzkümmel oder Bitterkraut und in der Erntezeit am ausgestreckten Arm ein paar Datteln, Feigen und reichlich Oliven. Die besten Sachen finde ich, wenn ich gar nicht danach suche, sondern mich nur so treiben lasse. Wenn die Pflanzen intuitiv in meinen Blick geraten, ich dann näher komme, sie berühre und an ihnen rieche. Um sie dann mit kindlicher Vorfreude auf- und mitzunehmen, noch ohne genau zu wissen, wie ich sie verwenden werde. Die Ahnung dafür kommt meistens erst, wenn ich in der Küche alle bekannten und neuen Zutaten vor mir habe und durch die Erinnerung an die gewohnten Geschmäcker und durch das Probieren der neuen Zutaten ein Gefühl für die Einordnung in die Geschmacksrichtungen bekomme, die für mich stets erste und letzte Orientierung und der Schlüssel für ein gelungenes Gericht sind. Ich bin mir sicher: Ob ein gutes Essen mit guten Zutaten zu einem sehr guten Gericht werden kann, ist ganz entscheidend davon abhängig, wie harmonisch eine Kombination aus Süßem, Saurem, Salzigem, Bitterem und Deftigem gelingt. Stets von jedem etwas, egal ob Vorspeise, Hauptgericht oder Nachtisch. Das habe ich bereits als kleiner Junge von meinem Vater gelernt und seitdem selbst bei unzähligen Kombinationsversuchen und durch viele Gäste bestätigt bekommen. So wie gerade jetzt denke ich täglich an dieses Prinzip, eng verbunden mit dem neuen Grundsatz, ausschließlich pflanzliche Zutaten und wenige Milchprodukte zu verarbeiten und auf keinen Fall Fleisch. Letzteres hatte mein Vater bis zu seinem Tod nicht verstanden. Das Durchhalten meiner Prinzipien hat aber seitdem dafür gesorgt, dass meine Gaststätte bis in die Stadt hinein und etwas darüber hinaus geschätzt wird für gute bis sehr gute vegetarische Speisen zu einem günstigen Preis. Und so bescheren sie mittlerweile meinen Geschwistern und mir ein gutes Auskommen.

   Ich packe jetzt meine Gedanken weg mit der Gewissheit, dass sie zurückkommen, wenn ich sie brauche und konzentriere mich wieder darauf, einfach nur mit offenen Sinnen wahrzunehmen. Nach ein paar Schritten sehe ich Algen im Wasser.   Ich bleibe stehen und beobachte, wie sie sich im Wasser treiben lassen, hin und her, fest am Boden verankert mit ihren langen grünen Blättern.   Ein spitzes Funkeln der warmen Morgensonne gleich daneben auf dem welligen Wasser.   Ich stelle einen Fuß so nah wie möglich dazu und neige mich nach unten. Mit festem Griff ernte ich eine Handvoll und schüttele das meiste Wasser ab, stecke die Algen in meinen Beutel und einen Moment später finde ich beim Umblicken noch etwas Rossminze und Bitterkraut. - Gut.
   Da ich heute irgendwie nicht die ganz große Muße für ein längeres Umhergehen habe, denke ich „Genug gefunden." und beschließe, mich auf den Rückweg durch die Obstgärten und Olivenhaine zu machen, mit der Absicht, davor noch ein paar trockene Wildkräuter zu sammeln. Mein

Weg wird mich heute wieder über den Markt im Dorf führen, um dort reichlich Gemüse und noch fehlende Früchte mittlerer Qualität zu einem günstigen Preis einzukaufen. Mehr brauche ich nicht.

Gerade als ich mich umdrehe, um los zu gehen, sehe ich zur großen Überraschung meine Schwester Maria von weitem heran eilen. In einer Geschwindigkeit, die ich zuvor nur einmal bei ihr beobachtet habe. Als sie mir vor drei Jahren die Botschaft vom Sterben meines Vaters überbrachte. An ihrem schnellen Schritt bemerke ich keinen Unterschied zu damals wohl aber in ihren Gesichtszügen. Je näher Maria kommt, umso deutlicher erkenne ich um ihre weit geöffneten rehbraunen Augen eine etwas verwirrende Mischung aus Furcht und Freude. Und mache ihr ein paar eilige Schritte entgegen, gespannt auf ihre Nachricht. Nach den letzten Schritten fasst sie mich an beiden Händen und sagt mit atemloser Stimme: „ER kommt zum Essen, zu uns – und, und schon heute Abend!" - „Was? Wirklich, Jesus?" frage ich etwas zögerlich, obwohl ich mir sicher bin, wen Maria mir ER meint. „Ja, mein lieber Bruder!" - „Wieviele kommen?" - „Alle 13 und auch sie. - Lukas hatte Wasser geholt und gerade als er mit den Krügen ins Haus gehen wollte, kam einer von ihnen, um ihn zu bitten, alles für ein Pessach-Mahl vorzubereiten." - „Oh Gott, was soll ich nur kochen?" höre ich mich laut. - „Sicher vom Besten und auch Lammfleisch," versichert Maria. „Auch Fleisch?" seufze ich etwas fragend und blicke dabei auf dem Boden neben Maria, wohl wissend, dass ich mich zu jederzeit auf alles verlassen kann, was meine Schwester mir sagt. Außerdem kenne ich natürlich die jüdischen Vorschriften für ein Pessach-Mahl. Im nächsten Moment hat mein Verstand „und auch Lammfleisch" akzeptiert. Irgendetwas in meinem Bauch versucht aber noch, mich davon ab zu halten, weg zu zerren wie einen hungrigen Köter. Ich will es ignorieren und sage zu Maria: „Gut, ich gehe auf den Markt und schaue, was ich kriegen kann. Kümmere Du Dich bitte um den oberen Raum und siehe, ob Du von den Nachbarn noch mehr schöne Tücher bekommen kannst und nimm feines Geschirr und Blumen und Efeu und..." - „Ja, mein lieber Bruder, ich werde alles schön machen, sei beruhigt." unterbricht mich Maria, sicher und ruhig. Dann verschwindet sie wieder mit schnellen staubigen Schritten in Richtung Dorf.

Ich sehe ihr kurz nach und starre dann für einen Moment einfach nur gerade aus mit unscharfem Blick. Meinem Kopf ist bereits klar, was zu tun ist, aber mein Bauch bremst mich immer noch mit deutlichem Zweifel:

„Wie soll es für mich möglich sein, entgegen meiner persönlichen Grundgesetze zu handeln? Fleisch zu kochen, und auch nicht irgendwie, sondern so, dass es richtig, richtig gut schmeckt? Und nicht für irgendeinen Gast, sondern für Jesus, unseren Herrn und Meister?"

Mit einer Hand an der Stirn und der anderen auf der Brust schließe ich für einen Moment die Augen. Als ich sie wieder in Richtung aufgehender Sonne öffne, kommt der Gedanke: „Es ist so, wie es ist – und ER weiß natürlich auch, was gut ist!" aber gleich auch die Frage: „Oh je, will ER mir damit vielleicht deuten, dass mein Weg falsch ist und ich wieder Fleisch zubereiten und essen soll?" „Ich weiß es nicht. Ich weiß nur, dass ich jetzt funktionieren muss."

Meine Beine bewegen sich nun, und Fragen kommen und gehen im schnellen Wechsel, zu dem, was jetzt zu tun ist, : „Wo bekomme ich Lamm her, ich habe ja keine Erfahrung im Fleisch kaufen?", „Geben die mir überhaupt Gutes?", „Ziehen die mich über den Tisch?", „Ich muss es heimlich tun. Dort, wo man mich nicht kennt!", „Ja genau, ich gehe ausnahmsweise dafür in die Stadt zum großen Markt am Tempel!", „Und wenn mich doch einer anspricht, werde ich behaupten, es nicht zu sein.", „Welches Gemüse passt eigentlich zu Lamm?", „Das entscheide ich später, wenn ich das Fleisch habe und auf dem Markt im Dorf den Rest kaufe", „Im Dorf habe ich eh' noch keine Lammfleisch gesehen, also muss ich in die Stadt!", „Wird mein Geld reichen?" „Soll ich nochmal zurück und mehr holen?" „Lieber nicht, sonst ist dann vielleicht alles weg!"

Ich sortiere meine Gedanken und gehe in Richtung Stadtmauer zum Osteingang, dessen großes Steintor von der Morgensonne hell erleuchtet zu sehen ist. Nach hastigem Gehen bin ich da und gehe hindurch und hinein. - Wie in eine andere Welt. Mit einem Schlag so laut, so eng, mit so vielen umtriebigen Menschen, dass es mir beim Umsehen zur Hälfte den Atem nimmt. Mein Herz schlägt schneller, ich muss jetzt aufpassen und dazu noch suchen und finden. Der gehetzte Blick der Anderen macht mir klar, dass auch ich mich beeilen muss, um das zu bekommen, was ich unbedingt brauche. Alle werden das gleiche suchen, weil es nun mal eine feste Vorschrift ist, was heute Abend zu kochen ist: Lamm, Gemüse mit Bitterkraut und ungesäuertes Brot, mindestens.

Am Beginn des Marktes laufe ich durch eine Handvoll Händler mit Lämmern, die gedrängt in kleinen Pferchen stehen oder an Ständen fest gemacht sind. Ich gehe schnell weiter mit dem festen Entschluss, dass ich kein Tier schlachten und es auch keinem in meiner Familie zumuten werde.

Ein Gasse weiter sehe ich das erste Fleisch in Stücken. Der Verkäufer dahinter kommt mir bekannt vor. Ich ihm vielleicht auch, also gehe ich lieber weiter, der anderen Seite zugewandt, damit er mich nicht erkennt. Und weiter vorbei an großen Ständen mit einer reichen Auslage an Obst und Gemüse. In meinen Blick geraten sehr schöne Linsen, Bohnen, Erbsen, Zwiebeln und Oliven. „Später!" denke ich und konzentriere mich zwanghaft darauf, Fleisch zu sehen. Gestern hätte ich noch gesagt: „Lieber sterbe ich!" - Ich drängle mich durch die Menschen. Der Geruch von schwitzenden Menschen, die mir zu nahe kommen, vermischt mit dem von Datteln, Oliven und frisch gebackenen Brotfladen, wird mit jeder Ecke stärker und unangenehmer. Viele Männer rufen laut durcheinander und ein paar Frauen kreischen Wörter, die ich nicht verstehen kann. Mit erhobenem Kopf, damit ich mehr sehen kann, und mit schneller werdendem Schritt eile ich weiter, immer tiefer hinein in die Stadt, in die vielen Menschen mit ihren fremden Gesichtern.

Eine kleine Weile später sehe ich endlich wieder einen Fleischstand und gehe hin, um mir einen Überblick vom Angebot zu verschaffen. Was da liegt sieht nicht sehr frisch aus und schmutzig ist es auch. Trotzdem frage ich den Mann nach dem Preis: „Wieviel kostet Dein Fleisch?". Seine Antwort lässt meinen Kopf schütteln mit der Gewissheit, dass ich für die benötigte Menge nicht einmal die Hälfte zahlen könnte. Also nenne ich entschlossen einen Preis, der unterhalb des halben liegt. Der Händler erwidert daraufhin mit zorniger Stimme: „Du willst mich wohl beleidigen. Hau' ab und versuche doch Dein Glück beim Anderen. Du wirst schon sehen!" - „Hier werde ich wohl nichts bekommen." denke ich und höre nach, dass er „beim Anderen" gesagt hat. Was, wenn er die Wahrheit sagt, bedeutet, dass es hier außer ihm nur noch den Fleisch-Händler vom Beginn gibt: „Oh Gott, nein!".

Als ich mich umdrehe habe, atme ich hektisch durch den Hals, der wie zugeschnürt über meinem rasenden Herzen sitzt. Ich beginne gleich zu rennen – links, rechts, links, rechts – nur noch das kantige Gesicht vor Augen, das mir am Anfang irgendwie bekannt vorkam. Alle paar Meter stoße ich an eine stehende Schulter. „Ich muss zurück – schnell – schneller! Hoffentlich hat der andere noch was!" Irgend etwas Hartes am Boden lässt mich stolpern – ich verliere das Gleichgewicht und falle in den Staub, mit den Armen voraus. Ich will schnell hochkommen, damit ich nicht getreten werde. Wieder auf den Beinen klopfe ich grob Ärmel und Gewand ab. „Ich muss weiter!" sage ich mir stumm und deutlich. Ich halte meinen Beutel vor mich, um beim Laufen durch die Menge schneller zu sein. „Weiter! Weiter mit den Schultern ausweichen! Weiter, Kopf hoch, nach vorne sehen! Weiter, mit schnellen Füßen in den rutschigen Sandalen! - Da! Da ist der Stand! Ich erkenne ihn am Ende der Gasse und stürze in seine Richtung.

Außer Atem komme ich an und muss noch warten, bis er mich wahrnimmt. Dann kommt er näher und begrüßt mich mit „mein Freund, wie kann ich Dir helfen?" - „Ich brauche Fleisch, Lammfleisch!" lasse ich es mit kurzatmiger Stimme einfach heraus. „Du und Fleisch? Was ist los mit Dir?" fragt er.

Ich erkenne ihn jetzt an seiner Stimme wieder. Er hat auch ein Gasthaus, am anderen Ende der Stadt, ein großes mit eigenen Köchen, die natürlich auch Fleisch-Gerichte zubereiten. Offensichtlich kennt er mich als vegetarischen Koch. „Egal, was er denkt oder über mich reden wird – ich brauche Lammfleisch!" denke ich entschlossen und kann in der Auslage nur noch eine ziemlich kleine Menge davon erkennen.

Als ich danach wieder in seine erstaunten Augen blicke, sage ich – unwillig, etwas zu erklären: „Egal! – Ich brauche Lamm. Ist das alles, was Du noch hast?" - „Du hast Glück, dass noch etwas da ist. Ich habe das beste Fleisch, also ist es auch immer schnell verkauft. Das vom Anderen kannst Du vergessen – von kranken Tieren und immer schmutzig!" Da ich bereits gesehen habe, dass er damit recht hat, frage ich ihn gleich nach dem Preis. Da mir klar ist, dass er noch höher sein wird als beim Anderen, steigt die Angst in mir auf, alles könnte schief gehen. Meine Ohren beginnen zu glühen. Nur noch dumpf vernehme ich, wie er mit ein paar erklärenden Worten einen Betrag nennt, der bedeutet, dass ich mit meinem Gemüse-Geld wohl nur eine symbolisch kleine Menge kaufen kann. Es wird nicht annähernd für vierzehn Personen reichen. „Nach Hause laufen und noch mehr Geld holen geht nicht – er wird nicht mehr da sein!" - Verzweiflung steigt in mir auf wie ein Hauch von Erbrochenem, mit wackeligen Beinen und leichtem Zittern an den Händen – ich fühle mich schwach und ohnmächtig. „Was soll ich nur machen?" frage ich mich. „Was soll ich tun?" - „Jesus, unser Herr und Meister, kommt zum Essen zu uns und ich kann ihm kein richtiges Pessach-Mahl bereiten – das gibt es doch nicht!" Dann höre ich wieder die laute Stimme des Verkäufers: „Was ist nun, nimmst Du es oder nicht? Der Nächste wartet schon!" Ohne zu verhandeln, gebe ich mein ganzes Geld und bekomme dafür etwas Lammfleisch. Wie benebelt stecke ich es in meinen Beutel zu den Algen und gehe ohne weitere Worte in Richtung Ost-Tor, durch das ich hereinkam.

Vor dem Tor halte ich kurz inne und sammle mich. Ich blicke in Richtung meines Dorfes und mache mich los. „Ich brauche schnell weiteres Geld für Gemüse vom Dorfmarkt. Mehr kann ich jetzt nicht tun." denke ich und komme ins Laufen. Rechts unten sehe ich meine Quelle. „Keine Zeit!" - Den ungewohnt schweren Beutel halte ich fest an meine Brust. Ich eile den Weg, den ich sonst jeden Morgen ausführlich genieße. Eile schnell, um ihn hinter mich zu bringen wie ein lästiges Hindernis. Ich werde bei dem Tempo viel weniger Zeit brauchen bis ich da bin. Der Unterschied ging verloren beim Fleisch suchen. Gleich bin ich da, am Ortsrand, dann noch kurz links, und rechts in unsere Gasse, zu unserem Haus – Da.

Ich will gerade hinein gehen als mich mein Nachbar Amir von hinten grüßt. Als er erkennt, dass ich in Eile bin, fragt er: „Was ist los, brauchst Du Hilfe?" Ich kenne ihn schon sehr lange und kann ihm vertrauen. Deshalb schieße ich gleich heraus damit: „Amir, ich brauche Fleisch, Lammfleisch, schnell und soviel ich bekommen kann!" - „Fleisch?" fragt er nur ganz kurz, um mich nicht zu quälen. Er erkennt an meinem Blick, wie ich mich fühle und greift meine Unterarme: „Ich sehe, was ich machen kann. Mein Bruder wohnt doch in der Stadt und kennt jeden. Ich helfe Dir, mein Freund." Wir lassen uns los und verabschieden uns nur mit den Augen. Im Gehen ruft er noch: "Ich beeile mich – Du kannst mir später alles erzählen!"

Ich drehe mich nach rechts zur Haustür und muss mich noch einmal wundern: „Hier soll heute Abend unser Herr und Meister eintreten? Zum Pessach-Mahl mit Maria Magdalena und allen Jüngern?"

Ich atme tief durch und gehe hinein. Schnell in die Küche, wo ich alles sauber ablege - jedes für sich. Das Fleisch decke ich mit einem Tuch ab, damit ich es nicht sehen muss. Dann gleich nach oben über die Holztreppe in den Schlafraum. Ich hole eine große Handvoll Münzen aus dem Versteck am Kopfende. Mehr als genug. Ich stecke es ein und eile die Stufen hinunter, immer zwei auf einmal. Ich denke wenig und funktioniere gut – kaum noch Widerstand. Hinaus auf die Straße. Nach drei Ecken bin ich am Markt und sehe die bunten Auslagen von süßem Obst und frisch geerntetem Gemüse. Ich weiß genau, was und wieviel ich brauche und wo ich es bekomme. Pinienkerne hier, restliche Kräuter und Zwiebeln am nächsten Stand und Oliven am letzten. Er hat die besten. Große intensiv schmeckende Früchte mit kleinen Kernen. Schräg gegenüber Obst. Viele Datteln, Feigen und auch Trauben, die ich sonst bei meinem morgendlichen Gang in den wilden Obstgärten mitnehme. Heute hatte ich ja keine Zeit dafür.

„Für unseren Herrn, Jesus Christus! - Er isst Fleisch! Dann kann Fleisch doch keine Sünde oder überhaupt irgendetwas schlecht daran sein. Alles, was er sagt und macht, ist doch gut. Wir sollen ihm folgen und alles so machen wie er. Weil es so besser ist – oder nicht?" zweifle ich an mir. Vielleicht hatte mein Vater doch recht. Bei der Zubereitung werde ich versuchen, mich an alles zu erinnern, was er mir für die Fleischzubereitung beibringen wollte. Alles, was ich gesehen und so lange verdrängt habe, weil es für mich nicht in Frage kam. Ich bin nun entschlossen: „Ich werde ein sehr gutes Pessach-Mahl zubereiten, mit allem, was dazu gehört, und zusammen mit Maria und Lukas gute Gastgeber sein – mit großer Ehre und voller Freude für den Herrn und mit Dankbarkeit dafür, dass sie eingehen unter unserem Dach. Und Maria wird mir wieder ein Vorbild sein. Sie ist immer hoch konzentriert, wenn es darauf ankommt und stets freudig und gelassen, ganz selbstverständlich und leicht."

So, ich habe von allem mehr als genug. Es soll noch übrig sein von allem. Genau passend wäre ein großer Zufall, schließlich kann man nie genau wissen, wer von was wie viel isst. Also gibt es nur zu viel oder zu wenig. Und für einen guten Ruf ist letzteres natürlich zu vermeiden. Mein Bruder Lukas wird dann noch den Wein vom Händler am anderen Ende des Dorfes holen. Erst später, wenn ich schon koche, damit alles schön kühl und frisch ist.

Als ich zu Hause ankomme, sehe ich, wie Lukas und Maria gemeinsam ins Haus gehen, mit feinen Tüchern und Schalen in den Händen und Efeu unter dem Arm. Nachdem ich meine Einkäufe in der Küche abgelegt habe, folge ich ihnen nach oben in den Saal. Als sie mich sieht, sagt sie: „Ich habe mit Anna gesprochen. Sie hat mir gesagt, wie wir das Lamm machen sollen, damit es besonders gut schmeckt. Wir müssen früh damit anfangen: Zuerst mit Gewürzen einreiben und für ein paar Stunden in Öl und Kräuter einlegen, damit es zart wird, dann die Stücke im Topf über mittlerer Flamme ziehen lassen bis sie zart sind und erst kurz vor dem Essen von den Knochen auslösen." - „Gut, so machen wir es!" antworte ich erleichtert. „Mit Sicherheit hätte ich das Einlegen vergessen. Ich habe aber noch nicht genug Fleisch. Amir will noch etwas besorgen von seinem Bruder im Tempelviertel. Ich hoffe, dass er noch rechtzeitig etwas bekommt." Beim Zuhören deckt Maria zusammen mit Lukas die Tafel. Zuerst die Tischleinen, später dann an jeden Platz je eine Schale, ein flacher Teller darunter, daneben ein Löffel und ein Becher und verteilt auf dem langen Tisch noch fünf Messer sowie fünf Schalen mit Zitronenwasser für die Hände. Ich gehe nach unten in die Küche und fange an.

Ich muss daran denken, wie jetzt wohl mein Vater kochen würde. Seit drei Jahren kann ihn nicht mehr fragen. Unzählige Male hatte ich ihm in der Küche zugesehen, bis ich eines Tages den Anblick von rohem und den Geruch von gebratenem Fleisch nicht mehr ertragen konnte. Was sicherlich auch am wöchentlichen Anblick von durchgeschnittenen Kehlen und mit Tierblut gefüllten Schüsseln gelegen haben wird. Meine Kinderaugen konnten sich nicht daran gewöhnen und als ich älter war, wollte ich nicht mehr. Da halfen auch die eindringlichen Worte meines Vaters nicht: „So ist das Leben. Es kommt und vergeht. Ein Leben für das andere." Bei Hühnern ging er so vor: Zunächst griff er das eben noch herum laufende Huhn mit einer Hand an den Füßen, um es dann neben sich in großen Kreisen zu schleudern, damit möglichst viel Blut in den Kopf ströme. Mit dem Zweck einer leichten Betäubung des Huhnes und dem, dass das Ausbluten nach dem Abhacken des Kopfes schneller gehen möge. Manchmal half das alles nur wenig. Was nach einer Unachtsamkeit beim Köpfen mit dem großen Beil dazu führte, dass man ab und zu ein Huhn auch ohne Kopf noch für eine Weile blutend in der Gasse umher laufen sah, bis es entweder eingefangen wurde oder endgültig tot liegen blieb. Anschließend wurde dann der Darm mit dem langen Finger von hinten entfernt. Dann das Huhn heiß gewaschen, gerupft, mit dem Messer geöffnet, die guten Innereien entnommen und anschließend gekocht. Alles wurde verwertet – wenigstens keine Verschwendung.

Als er starb, war klar, das ich als Ältester die Gaststätte übernehmen würde. Lukas war auch zu jung und ohne Interesse fürs Kochen. Maria konnte alles andere sehr gut. Als ich ihnen dann sagte, dass ich kein Fleisch kochen würde, war Lukas erstaunt und Maria wenig überrascht mit ihrem feinen Gespür. Unsere Gäste konnten sich zunächst nur schwer und einige gar nicht daran gewöhnen. Nicht wenige sagten: „Was, kein Fleisch?" und gingen auf der Stelle, um nicht wieder zu kommen. Lukas machte mir oft Vorwürfe: „Du wirst uns zugrunde richten. Keiner will mehr bei uns essen. Kochen völlig ohne Fleisch, was soll das sein – eine Armenküche? Die Gäste mit Geld wollen auch Fleisch essen." Ein Jahr lang war es sehr schwierig. Dann hörten wir von Jesus von Nazareth. Wann immer es uns möglich war, suchten wir die Nähe zu ihm und seinen Jüngern. Immer tief berührt von seiner bloßen Gegenwart und beseelt von seinen Worten machten wir uns nach den Versammlungen am Abend auf den Heimweg durch die Olivenhaine Maria und ich wiederholten dabei mehrmals das, was besonders eindringlich für uns war, um diese unglaublichen Worte vom anderen bestätigt zu bekommen und dadurch mehr und mehr in unser Leben zu holen. Es gab uns Trost und Halt und auch konkrete Antworten auf die wichtigen Fragen, die uns tagtäglich beschäftigten. Und gleichzeitig kamen auch immer mehr Christen zu uns, mit denen wir ins Gespräch kamen. Und nachdem es mir nach langen und intensiven Versuchen endlich gelang, meinen Hauptspeisen auch ohne Fleisch einen richtig deftigen Geschmack zu verleihen, kamen sie alle gerne wieder. Oder die Reicheren unter ihnen baten mich sogar manchmal, bei ihnen zu kochen.

Ohne dass sie es wissen, schätzen sie bei meinem Essen, dass darin immer alle Geschmacksrichtungen sehr ausgewogen vorhanden sind. Und das ist eben besonders, weil sich die anderen Köche oft nur dadurch unterschieden, entweder ziemlich geschmacklos, zu sauer oder versalzen zu kochen. Die meisten haben keine Ahnung davon, dass es in jeder Speise für einen runden und intensiven Geschmack neben einer Ausgewogenheit von Salzigem und Saurem eben auch Süße und eine bittere Note sowie zumindest im Hauptgericht einen besonderen deftigen Geschmack braucht, damit es richtig gut schmeckt. Unsere Stammgäste essen am liebsten meine in zarte Weinblätter eingewickelten Schafskäse-Bratlinge, die ich vorher in Minz-Tee mit Honig und Pfeffer einlege. Ich überbacke dann die schön geformten Päckchen mit einer Kruste aus Kräutern, Pinienkernen und Honig und serviere sie mit einer dunklen Wein-Zwiebelsoße, die ich mit fein gehackten Datteln sämig rühre und etwas scharf würze.

Plötzlich geht die Tür auf und nach ein paar Schritten steht Amir im Türrahmen. Er trägt einen gefüllten Sack über der Schulter, den er im nächsten Moment auf dem Boden abstellt und sagt mit wenig Luft: „Es tut mir Leid mein Freund, aber Lammfleisch gab es nicht mehr und auch keine Ziege." - „Oh, nein!" entfährt mir schnell. „Was hast Du dann?" - „Zusammen mit meinem Bruder bin ich überall umher gegangen und wir haben drei Hähne bekommen, drei Hähne aus dem Tempelviertel." sagt er und ergänzt: „Anna sagt, gleich zubereitet schmeckt das Fleisch ähnlich wie Lamm." Etwas beruhigt darüber, jetzt wenigstens genug Fleisch zu haben, frage ich ihn, wieviel es gekostet hat. Er hebt nur seine rechte Hand, um sie mir auf die Schulter zu legen und sagt: „Alles gut, ich helfe Dir gerne." - „Ich danke Dir mein Freund, ich danke Dir sehr. Morgen erzähle ich Dir alles und wenn das Pessach-Fest vorbei ist, lade ich Euch zu einem schönen Essen ein." Amir schließt kurz mit einem Lächeln seine Augen, nickt dabei und geht mit den Worten: „Sag mir, wenn Du noch Hilfe brauchst!"

Als ich ihn die Türe schließen höre, nehme ich die Hähne aus dem Sack. Bereits ohne Köpfe liegen sie vor mir mit kräftigen Federn. Da kommt Maria herein: „Ich habe die Tür gehört - oh, Hähne!" - „Ja, Amir hat kein anderes Fleisch mehr bekommen. Anna sagt, dass sie bei gleicher Zubereitung ähnlich wie Lamm schmecken. - Rupfst Du bitte und nimmst sie aus? Du weist ja, ich kann das nicht. Dann werde ich alles zusammen einlegen." - „Ja, mein Bruder, und Lukas wird mir helfen." Dann nimmt sie die Hähne mit und geht nach draußen auf den Hof.

Ich bereite die Marinade vor mit Olivenöl, Zitronensaft, Thymian, Rosmarin und zerdrücktem Knoblauch. Dann stelle ich noch alles bereit für den Brotteig. Bald ist es Abend und sie werden kommen. Unser Herr und Meister – zu uns – zum Essen – bis in die Nacht.

Ein gemischtes Gefühl von Angst und Freude überkommt mich jetzt wieder, nicht nacheinander sondern gleichzeitig. Wie beim wirren Krähen eines alten Hahnes am Nachmittag, dessen letzter lang gezogener Ton doch irgendwie auch schön klingt. „Im Tempelviertel wird ja nun für eine Weile kein Krähen mehr zu hören sein." denke ich und frage mich gleich, ob und wie ich IHM die Hähne beibringen soll. „Vielleicht wird er es mir ansehen oder sowieso schon wissen. Als Sohn Gottes weiß er ja alles. Aber auch so etwas Nichtiges, das eigentlich nur mein persönliches Problem als Koch ist? Er hat sich mit Wichtigerem zu beschäftigen: dem endlosen Streit mit den Gelehrten, die ihn hassen, dem Sehendmachen von Blinden, dem Auferwecken von Toten und dem Sprechen heiliger Worte voller Weisheit überall da, wo er Menschen begegnet, also eigentlich ständig. Er ist mit nichts Geringerem beschäftigt als mit der Rettung der Menschen hier und anderswo. Und da komme ich kleiner Kochwurm mit meinem Fleisch-Problem an."

Damit ich nicht wieder in meinen Gedankenkreisel einsteige, stoppe ich und lenke meine Aufmerksamkeit auf das, was noch fehlt: Holz muss ich noch schnell am Dorfrand sammeln, dann gleich den Ofen auswischen und anfeuern. Ich gehe gleich nach draußen.

Als ich mit einem großen Bündel Äste wiederkomme, sind die Hähne von Maria schon bereit gelegt. Zuerst mache ich Feuer im Ofen. Es wird länger dauern bis er heiß genug ist. Das restliche Holz in die offene Feuerstelle. Nach dem groben Zerteilen lege ich das Hahnfleisch zusammen mit dem Lammfleisch ein. Genau so wie es Anna empfohlen hat.

Unsere Mutter hieß auch Anna. Sie starb bereits vor über zwanzig Jahren, kurz nach Marias Geburt. Ich war etwa dreizehn und verstand schon viel als sie mich und den kleinen Lukas zu sich ans Bett rief. Bis in die Adern geschwächt, sammelte sie noch einmal alle Kräfte, um sie für diesen letzten Moment in ihrem Herzen zu vereinen und sagte: „Passt immer gut auf die kleine Maria auf. Liebt einander wie ich Euch geliebt habe. Und seid immer freundlich zu den Menschen." Dann gaben wir einen letzten Kuss auf ihre Lippen. So wie wir es viele Male jeden Abend gemacht hatten, wenn wir zum Schlafen gingen. Mit dem Unterschied, dass ihre Lippen jetzt ungewohnt trocken waren und nicht wir im Bett lagen, um am nächsten Morgen aufzustehen, sondern unsere kranke Mutter, die ihre Beine nie wieder gebrauchen sollte. Am nächsten Tag wurde Mama in ein großes Tuch gewickelt und weg gebracht. Ab dann war nur noch Papa da, Lukas und ich und die ganz kleine Maria.

Und ich trug sie jeden Tag mehrmals zu Anna hinüber, die zum Glück kurz davor ihr erstes Kind bekommen hatte, um von ihr mit gefüttert zu werden. Gerne sah ich zu, wenn sie unsere Kleine ganz behutsam an ihre Brust führte und trinken ließ bis sie nicht mehr wollte. Erst dann nahm sie ihr eigenes Kind aus dem Wickel neben sich, um es mit der anderen Brust zu stillen. Ich blieb dann mit Maria an der Schulter immer noch solange bis sie aufstoßen konnte. Meistens schlief sie gleich wieder ein. Schlafen, Trinken, sauber gemacht und getragen werden. Das war Marias Leben und bestimmte meinen Tag. Auch heute noch leben und arbeiten wir eng miteinander. Mittlerweile kann ich mehr von ihr lernen als sie von mir. Vielleicht gelingt es mir ja noch, eine Portion von ihrer Ruhe gebenden Gelassenheit, unerschütterlichen Zuversicht und ansteckenden Herzlichkeit zu bekommen.

Jetzt muss ich aber noch das Mehl mahlen. Die Weizenkörner lasse ich durch das Loch in der Mitte des oberen Steins rieseln und drehe ihn am Griff kreisförmig auf dem unteren runden Stein. Das zwischen den Steinen heraus kommende Mehl fange ich im Tuch darunter auf, siebe es noch mit einem groben Leinen und gebe es in eine flache Schüssel. Eine anstrengende Arbeit, die sich aber täglich lohnt. Heute brauche ich besonders viel davon. Und danach werde ich mich beeilen müssen, um noch frisches Wasser aus dem Brunnen zu holen. Immer wieder: eine Handvoll Körner ins Loch und dann sechs bis acht Mal drehen und wieder von vorne. Die lange Zeit vergeht so wie im Flug.

Als ich genug Mehl habe, will ich lieber beim Ofen bleiben und noch alles schön vorbereiten. Weshalb ich Lukas bitte, das Wasser vom nahen Brunnen zu holen. Vorhin habe ich gesehen, wie er mit dem Wein zurück gekommen ist. „Lukas! - Luuukaas!" rufe ich. Als er in der Küche steht: „Lukas, würdest Du bitte zwei Krüge Wasser vom Brunnen holen. - Ich schaffe es nicht mehr." - „Ja, mache ich. - Die großen Krüge, oder?" - „Ja, und decke sie oben mit feuchten Tüchern ab, damit kein Staub hinein kommt." - „Mache ich, bis gleich!" - „Und beeile Dich bitte, sie werden vielleicht schon bald da sein!" rufe ich ihm noch hinterher.

Jetzt gebe ich das eingelegte Fleisch in den Sud über dem Feuer und das Gemüse in die Suppe. Mit etwas Wasser am langen Stock prüfe ich die Hitze im Ofen. Zur Sicherheit werfe ich noch ein paar Gerstenkörner hinterher. Werden sie schön braun, ist alles gut. Verbrennen sie, muss ich mit feuchtem Leinen auswischen, um die Hitze zu reduzieren. - Nur braun, alles gut!

Ich höre bereits, wie Lukas laut herein kommt, die Tür zuschlägt und eilig die Krüge nach oben trägt. Da ruft schon Maria aus dem Türrahmen zu: „Sie kommen, sie kommen!" und ausnahmsweise aufgeregt: „Kommt schnell!". Ich sehe mich kurz in der Küche um, bis ich mir sicher bin, dass nichts anbrennen kann, und eile Maria hinterher zum Eingang. Lukas springt mit wenigen großen Schritten die Treppe herunter. „Da kommen sie! - Jetzt schon!?" denke ich und sagt Maria. - „Jesus kommt!"

**Er kommt zum Essen,
Gottes Sohn in unser Haus,
unwirklich und groß.**

„Oh Gott, wie begrüße ich ihn? Was sage ich?" denke ich laut. Wir haben Jesus bisher nur aus der Entfernung gesehen, weil ein Näherkommen unmöglich war bei all den Leuten. „Das hätte ich mir doch schon den ganzen Tag lang überlegen können!" werfe ich mir stumm vor. Meine Finger und Oberschenkel fangen an zu zittern. Dazu noch der quälende Gedanke, ob und wie ich es ihm sagen soll, das mit dem Fleisch. Es ist gerade alles ein bisschen zu viel für mich.

Maria steht neben mir vor der Tür und nimmt meine Hand ganz fest, was mich sofort ruhiger werden lässt. Dann ist er auch schon mit allen heran geschwebt. „Er ist da!" - klar im Kopf gedacht und kräftig zwischen Brust und Hals gefühlt.

Zur Begrüßung wollen wir verbeugend in die Knie gehen, was er gleich unterbricht mit dem Hochnehmen unserer Hände und den Worten:

„Voll Ehre und Dankbarkeit sind wir Eure Gäste."

Und als ich mich traue, ihm kurz in die Augen zu sehen, sagt er noch:

„Und ALLES wird gut schmecken."

Ein Schauer überkommt mich, so als ob ich in einen See mit frischem Quellwasser springen würde – nur dass das Wasser angenehm warm und weich ist und meine Haut von innen benetzt.

Dann gehen alle hinein. Maria vorneweg zeigt Ihnen den Weg nach oben. Alle nicken mir beim Vorübergehen freudig zu: Zuerst Maria Magdalena und Petrus, dann die anderen Jünger.

Jesu Worte kreisen noch einmal in meinem Kopf: „ALLES wird gut schmecken." - Ja klar kennt er mein Fleisch-Problem und natürlich ist es keins für ihn. Wenn er schon als Kind Wasser zu Wein verwandeln konnte, ist es doch ein Leichtes für ihn, dafür zu sorgen, dass Hahnfleisch wie Lammfleisch schmeckt. „Oh, ich kleines Licht!" werfe ich mir vor.

Mit der gewonnen Sicherheit, dass es gut wird, gehe ich in die Küche, um nach der Vorschrift die ungesäuerten Brote zu backen. Dafür nehme ich das frisch Mehl und alles andere, was ich vorhin dazu gestellt habe: frisches Wasser vom Brunnen, feines Olivenöl, das mir Amir von Gamla mitgebracht hat, und Salz. Bei der großen Menge heute muss ich sehr zügig arbeiten, damit die Brote koscher bleiben: Immer ein bisschen mehr Wasser zum Mehl, alles nach und nach verrühren, kneten, teilen, Fladen formen und in kurzer Zeit backen. Ohne Ofen hätte ich viel zu wenig Platz, um die Brote gleichzeitig in der vorgeschriebenen Zeit fertig zu bekommen. Nach dem Prüfen der Hitze schiebe ich die runden Teige in den Ofen, die ich gerne kleiner mache, damit man sie nicht zerreißen muss. In wenigen Minuten sind sie fertig. Ich muss dabei bleiben und aufpassen, dass sie nicht verbrennen. Wenn sie aus dem Ofen kommen, streiche ich mit einem kleinen Dill-Bündel noch etwas Öl darauf und streue mit den Fingern eine Prise Salz.

Während Maria und Lukas die Getränke servieren, mache ich die Suppe fertig. Zu dem fein geschnittenen, bereits gegarten Gemüse rühre ich direkt in die Brühe noch ein bisschen Joghurt. Seit kurzem schneide ich für einen besonderen Biss auch frische junge Algen hinein, so klein, dass sie gut auf den Löffel passen.

Mein Vater hatte die Idee für diesen heißen Steinofen von einem römischen Bäcker in der Stadt bekommen, bei ihm angesehen und gleich selbst gebaut. Einmal richtig heiß mit gutem Holz angefeuert geht die Zubereitung der Speisen viel leichter und schneller. Eine sehr gute Ergänzung zur offenen Feuerstelle.

Als die Brote fertig sind, kommen auch schon Lukas und Maria herunter. Sie erzählt, wie alle Platz genommen haben: „Jesus in der Mitte, bei Maria Magdalena und Petrus, die anderen links und rechts daneben zu den Seiten." „Was hat er gesagt?" will ich wissen. „Noch nichts." Maria, eilig im Umdrehen. Dann nimmt sie die Suppe mit, Lukas die kleinen Fladen im Korb. Jetzt kann ich die vorbereiteten Schafskäse-Wickel fertig machen: Noch die gehackten Pinienkerne mit Kräutern und etwas Honig für die Kruste vermengen, auf die ovalen Weinblätter-Päckchen streichen und alles auf den heißen Stein hinein schieben. - Wenn überall das Grün der Weinblätter leicht braun geworden ist, sind sie fertig.

Ich muss immer wieder mit der Öllampe genau hin sehen, damit sie nicht verbrennen. Dabei noch über dem Feuer die Zwiebel-Soße mit dem Fruchtfleisch der Datteln sämig rühren.

Gleich habe ich alles. Maria hat die Garzeiten meist genau im Gefühl. Auch als sie jetzt herunter kommt, kann ich die Käse-Päckchen gleich heraus nehmen und die dicke Soße in eine schöne Schale füllen. „Maria, was haben sie gesagt?" will ich gleich wissen, als sie das fertige Essen aufnimmt. „Jesus hat zuerst ein kurzes Dankgebet gesprochen. Dann haben sie gemeinsam aus den Bechern getrunken, die Lukas schon alle eifrig mit Wein und Wasser gefüllt hatte und sofort angefangen zu essen. Sie sind sehr hungrig. - Und mehrere haben gesagt, dass es ihnen gut schmeckt." berichtet sie und geht mit vollen Händen Richtung

Treppe. „Gut. Komm bitte gleich wieder!" rufe ich ihr noch halblaut hinterher.

Jetzt kann ich das gekochte Fleisch heraus nehmen und kurz abkühlen lassen. Es lässt sich ganz leicht von den Knochen lösen. Alles auf das große Brett und in etwa gleich große Teile zerkleinern. In Stücken ist der Hahn tatsächlich kaum vom Lamm zu unterscheiden. Einen großen Lamm-Knochen lege ich gleich noch auf den heißen Stein in den Ofen, damit er etwas braun wird. Ich durchsuche alle Teller noch einmal gründlich nach kleinen Geflügelknochen, damit ja keiner zwischen das Fleisch gerät.

Maria kommt auch schon. „Probier bitte mal!" halte ich ihr zwei unterschiedliche Stücke hin, die ich vorhin sortiert habe. - Nach etwas kauen: „Das hier ist etwas fester" zeigt sie auf das Lamm, „schmeckt aber fast gleich wie das andere - beides lecker". - „Dann ist es gut." bin ich erleichtert. Wir verteilen die Stücke gut gemischt auf drei große Teller. Nur noch Bitterkraut, Zwiebeln und Oliven dazu. Fertig. - Den leicht angebratenen Knochen lege ich auf den schönsten. „Den bitte in die Mitte zum Meister" sage ich Maria, obwohl es nicht nötig gewesen wäre. Und „Geh lieber zweimal, damit nichts runter fällt." - „Ja, hab ich mir auch gedacht." antwortet Maria, „Ich beeile mich."

Einen Moment später holt sie den letzten Teller. „Bitte schau genau in ihre Gesichter, ob sie etwas bemerken und ob es ihnen schmeckt." gebe ich ihr noch auf der Treppe mit und hoch in den Saal.

„ALLES wird gut schmecken!" hat er bei der Ankunft gesagt. Ich will es glauben und bin doch gespannt darauf, was Maria berichten wird.

Ich traue mich nicht nach oben, obwohl ich gerade nichts zu tun habe. Die Datteln schneide ich erst nachher frisch auf und lege sie mit den Trauben auf die Teller. Ich setze mich in die Ecke und versuche, geduldig zu warten.

Wenn ich Maria nicht hätte, wäre ich verloren. Sie ist so klug und stark und gleichzeitig so hilfsbereit und liebevoll. - Jeder Mann sollte eine Maria haben, die ihm beisteht, ihm hilft und dabei genau weiß, was sie will. Und die sich auch auf diesen Mann verlassen kann, sollte sie es einmal doch nicht wissen.

Maria kommt die Treppe herunter gehetzt und ruft bereits auf den letzten Stufen: „Der Meister fragt nach einem besonders großen Stück Brot, das er jetzt gerne noch haben möchte. - Hast Du noch etwas Mehl?" - „Ja, habe ich. Es wird gerade noch für ein großes Stück reichen." kann ich Maria beruhigen. „Ich mache es gleich fertig." - „Wie hat ihnen das Fleisch geschmeckt?" will ich unbedingt noch wissen. „Allen hat es sehr gut geschmeckt. Petrus hat außergewöhnlich viel gegessen, insbesondere vom Hahn-Fleisch, das er in meine Richtung als besonders zart gelobt hat. Ich habe natürlich nur freundlich genickt."

Als ich dann bemerke, dass Maria etwas unruhig und mit verengten Augen im Türrahmen stehen bleibt, anstatt gleich wieder nach oben zu gehen, frage ich sie: „Schwester, was ist?" - „Ich muss eigentlich schon seit Stunden raus und habe noch keine Zeit gefunden." sagt sie fragend. „Dann geh doch jetzt - es passt genau bis das Brot fertig ist." Im nächsten Moment huscht ihr Gewand eilig um die Ecke und durch die Tür nach draußen.

Ich knete das restliche Mehl mit Wasser und drücke es besonders dünn aus. So kann ich ein mehr als Teller großes Brot formen. - Das sollte reichen. Und ab in den noch heißen Ofen.

Was sagt der Meister jetzt wohl gerade? Maria kann ja gerade nicht berichten und Lukas muss immer bei den Gästen bleiben. Für was braucht er jetzt noch ein großes Brot? Wofür? Was hat er vor? - Ich möchte es wissen und gehe die Treppe halb nach oben, um zu lauschen. - Weil ich so aber noch nichts verstehen kann, schleiche ich noch ein paar Stufen weiter hinauf, gerade noch unterhalb des Bodens, so dass man meinen Kopf nicht sehen kann.

Alle sprechen ziemlich unverständlich durcheinander. Ich höre noch genauer hin, um Jesus heraus zu hören. Auch mit geschlossenen Augen und viel Mühe gelingt es mir nicht, seine Stimme zu erkennen. - „Also gerade wohl doch nichts Wichtiges vom Meister." denke ich, als ein Hauch vom Verbranntem in meine Nase steigt. „Oh nein, ich habe das Brot vergessen!" - Ich hetze die Stufen nach unten zum Ofen und hole schnell den Fladen heraus. Er ist überall braun, an manchen Stellen sehr dunkel. Ich mache mir leise Vorwürfe:„Es ging natürlich schneller, weil es dünner ist als sonst! - Anfängerfehler! - Ausgerechnet heute!" Da ich kein

Mehl mehr habe, kratze ich vom Fladen die dunkelsten Stellen etwas ab so gut es geht und gebe darauf etwas mehr Öl und Salz, um den rauchigen Geschmack zu überdecken. Mehr kann ich nicht tun. „Und das jetzt noch, wo bisher alles so gut geklappt hat!"

Da kommt auch schon Maria herein und beginnt mit leicht gerümpfter Nase: „Irgendwie..." und verstummt gleich wieder, als sie das Brot sieht. Ich halte ihr den kleinen Wasserkrug über das Becken für ihre Hände, die sie gleich sorgfältig am Gewand abtrocknet. Als sie das Brot mit dem sauberen Tuch greift, lächelt sie und zwinkert mir mit beiden Augen kräftig zu, um mir stumm zu sagen, dass es nicht so schlimm sei. Dann geht sie die Treppe nach oben. Da ich nichts mehr zu tun habe, folge ich ihr. Aber nur soweit, dass ich gerade schon Jesus sehen kann. Nach diesem Brot traue ich mich erst recht nicht ganz nach oben.

Als Maria ihm das Brot reicht, wird es plötzlich sehr still und alle schauen zu Jesus, der sich erhebt. „Ich danke Dir." sagt er kurz zu Maria.

Dann richtet sich der Meister mit ausgebreiteten Armen an alle mit einer besonders mächtigen Hinwendung nach rechts und links und in den ganzen Raum, die mich vorahnen lässt, dass etwas Bedeutendes bevor steht. Dann sagt er:

„WAHRLICH ICH SAGE EUCH:
EINER UNTER EUCH WIRD MICH VERRATEN."

„Was?" - Ich traue meinen Ohren nicht: „Einer wird ihn verraten?"

Alle sind bestürzt, mit großen angstvollen Augen und wie gelähmt vom Gehörten. Einige fragen verstört in Richtung des Meisters und zueinander: „Jetzt?" und etwas lauter: „Bin ich es?" - Dann nimmt er das große Brot in beide Hände. Zuerst will er es wie gewohnt von oben nach unten zerreißen, um es zu teilen. Als er bemerkt, dass es zu hart ist, greift er es an den Seiten und bricht es in drei Stücke, ein kleines und zwei große, hält sie nach oben und spricht:

„DAS IST MEIN LEIB - FÜR EUCH."

Jetzt gibt er die großen Teile jeweils zu den Seiten weiter. Als sich jeder ein Stück davon abgebrochen hat, setzt er fort:

„DIES TUT ZU MEINEM GEDÄCHTNIS!"

Dann essen alle das Brot, paralysiert und verwirrt von der Ankündigung, dass der Tod unseres Meisters kurz bevor stehen soll und auch noch ein Jünger ihn verraten wird.

Ich kann nicht fassen, was ich gerade gehört habe und sinke auf die Stufen: „Warum? - Warum jetzt schon?"

Als danach die Unruhe immer größer wird, spricht Jesus noch kurze Dankworte in unsere Richtung bevor er alle auffordert, ihn zum nahen Ölberg zu begleiten:

„Lasst uns zum Ölberg gehen,
um dort zu unserem Vater zu beten."

„Er geht jetzt schon?" - Was soll ich jetzt nur machen?" - „Ich kann doch nicht einfach hier bleiben" frage ich mich und stolpere benommen die Stufen nach unten in die Küche.

Da kommt Maria hinterher: „Bruder, was willst Du tun?" Mit suchendem Blick auf den Boden antworte ich ihr: „Ich muss ihnen nach gehen. - Vielleicht kann ich ja etwas machen – ich weiß es nicht."

Mein Obergewand ist vom Kochen schmutzig und riecht unangenehm nach Fleisch. Ich ziehe es schnell in der Ecke aus. Nur noch mit dem unteren Leinen bekleidet, warte ich bis alle hinaus gegangen sind, um Ihnen zu folgen.

Als die Jünger schwer die Treppe herunter torkeln und mit hängenden Köpfen an mir vorbei gehen, sind alle sehr traurig und niedergeschlagen, nur Petrus wirkt als einziger auch irgendwie gelöst oder wach.

Alle sind draußen. Vom Türrahmen aus sehe ich ihnen nach, wie sie mit hängenden Köpfen Jesus hinterher trotten. In einem mittleren

Abstand folge ich ihnen. - Es ist sehr still, die letzte Abendsonne beleuchtet die Dächer der Häuser.

Dann hält Jesus an einer übersichtlichen Stelle an und weist den anderen einen hellen Platz zu. Ich verstecke mich hinter einem großen Olivenbaum. Als alle sitzen, zähle ich außer dem Meister nur noch elf Männer. Maria Magdalena und noch ein Jünger fehlen, ich weiß nicht wer. Warum lässt sie ihn alleine? - Wollte er es so? - Ist der andere der Verräter? - Soll es etwa jetzt schon passieren?

Jesus spricht zu den Jüngern und geht dann halb in meine Richtung zu einem großen Felsen, auf dem er Platz nimmt und beginnt, alleine zu beten.

Dann geht er gleich wieder zurück zur Gruppe, wie ein ängstliches Schaf, das nicht weiß, was es tun soll, wohin es gehen soll. Und spricht zu Ihnen mit den Armen auffordernd, aufzustehen. Mit wenig Erfolg, da anscheinend die meisten schon schlafen. Petrus als einer von wenigen ist noch aufmerksam. - Als Jesus wieder alleine zu seinem Felsen geht, folgt er ihm ein paar Schritte und hält dann doch auf halbem Weg an, um dort zu warten.

Es ist für mich völlig unbegreiflich, wie man jetzt schlafen kann. Am liebsten würde ich hinüber rennen und die Jünger wach rütteln oder anschreien. Aber ich traue mich nicht. - Wenigstens sind noch Petrus und ich bereit, ihm zu helfen.

Neben dem Felsen geht Jesus jetzt auf die Knie und betet mit erhobenen Armen flehend in den Himmel. Seine letzten Worte kann ich verstehen:

„DEIN WILLE GESCHEHE!"

Plötzlich sind Soldaten mit ihren klappernden Schwertern zu hören. Jetzt kommen sie von hinten über den Hügel mit Fackeln, einige tragen Lanzen. Ein Mann ohne Uniform geht ihnen voran und zeigt mit langem Arm in Richtung unseres Meisters. Etwa zehn Soldaten. Petrus versteckt sich hinter einem Baum. Als sich Jesus dem heran kommenden Mann zuwendet, erkenne ich in ihm Judas, einen der Jünger. - Er geht zu ihm, gibt Jesus einen Kuss und läuft dann gleich nach hinten weg.

Es ist soweit! Die Soldaten wollen Jesus festnehmen! „Petrus, tu doch was!" denke ich verzweifelt. Er kommt aus seinem Versteck und schlägt mit dem Schwert auf den ersten Soldaten ein. „Nein!" ruft Jesus, hebt das abgeschlagene Ohr auf und hält es dem Römer an den Kopf. Als die anderen Soldaten Petrus angreifen wollen, rennt er ins Dunkle weg.

„Was soll ich tun? Die anderen Jünger sind auch schon geflohen. Ich bin der letzte hier. Ich muss doch was tun!" - Mit Wut und Angst renne ich los. „Lasst ihn!" schreie ich zu den Soldaten mit ihren Waffen. Ein paar schnelle Schritte später greife ich Jesus am Arm und versuche, ihn irgendwie weg zu zerren. Sofort packen mich die kräftigen Pranken eines Soldaten an meinem Gewand. Als er mir auf den Kopf schlagen will, weiche ich schnell seitlich nach hinten und unten aus, um nicht getroffen zu werden. Im nächsten Moment ist mir das Leinengewand vom Leib gerissen und ich stehe nackt nur ein paar Schritte vor Jesus, der mir für einen kurzen Moment in die Augen blickt:

GANZ RUHIG UND VÖLLIG GEFASST
SCHENKT ER MIR EIN LÄCHELN.

Als mich dann noch ein Anderer am Arm packen will, reiße ich mich los und renne weg, den Berg nach unten in die Dunkelheit.
Ich renne und renne.
Schnell.
Einfach nur weg.
Immer weiter.
Bis ich nicht mehr kann. - Setze mich an einen Olivenbaum und muss weinen wie noch nie. „Jesus wird sterben, wie er es vorhergesagt hat. - Aber wie soll es nur weitergehen ohne ihn? - Ich habe in seinen Augen den ganzen Himmel gesehen."

**Jesus am Ende
voll Liebe und Gnade an
Ängsten für morgen**

„Ich weiß nichts und kann nicht mehr. - Bin so müde.
　Jesus,
　　　　die Jünger,
　　　　　　　Maria,
　　　　　　　　　　Vater."

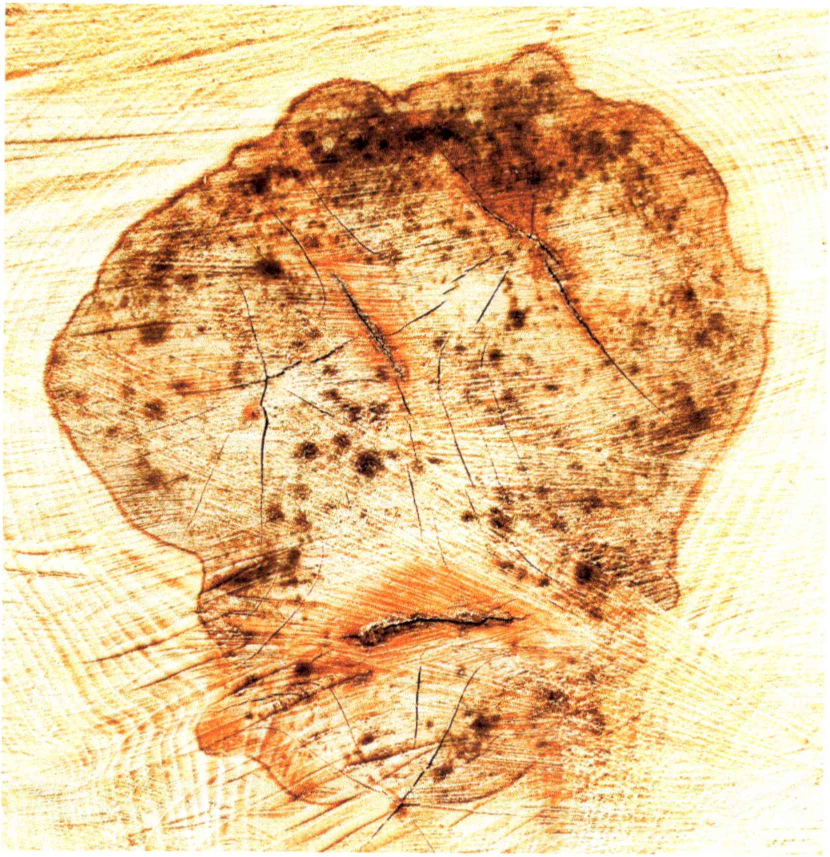

Alleen aus Stahl
neue Landschaft immer gleich
im Takt der Zeit

Kubizek rennt
(eine Geschichte vom 04.04.1907, erzählt am 08.02.1972)

Herr Kubizek wird jeden Morgen um halb sieben geweckt. Die Geräusche der aufgerissenen Zimmer-Tür, hastiger Schritte zum Fenster und des gnadenlos schnellen Hochziehens des alten Rollladens lassen ihn die Augen öffnen und langsam aufsitzen. Das im nächsten Moment dahin geworfene „Morgen!" der Pflegerin ist der Startschuss für sein allmorgendliches Erzähl-Ritual. Das wechselnde Personal hört dabei niemals hin, bestenfalls manchmal zu, meisten jedoch weg. - Für Herrn Kubizek spielt es aber auch keine Rolle, ob es für seine Geschichte einen Empfänger gibt. Wenn er sich unterhalten möchte, fragt er am Nachmittag Frau Rienzi nach dem Wetter.

Heute ist der 8. Februar 1972. Ein Tag, dessen Verlauf keinerlei historische Bedeutung haben wird. Auch ist es für den alten Herrn persönlich schon lange nicht mehr wichtig, am Morgen, Mittag oder Abend das genaue Datum eines Tages zu kennen oder den Wochentag. Für den Ausgang von Herrn Kubizeks täglicher Erzählung ist es jedoch von entscheidender Bedeutung, ob es sich um ein gerades oder ungerades Datum handelt. Denn an geraden Tagen geht seine kleine Geschichte für fast alle Beteiligten gut aus und endet mit dem Ausruf „Austria hat verlorn!". An ungeraden aber führt sie in eine große Katastrophe für die gesamte Menschheit. Welcher Ausgang wahrer ist, weiß Herr Kubizek nicht mehr so genau - dafür alle anderen. Sein Ritual dauert ziemlich genau eine Stunde vom Wecken über das Waschen und Anziehen bis zum Ende des Frühstücks. In einem Fluss erzählt, lediglich unterbrochen von ein paar erzwungenen Bissen Weißbrots mit Marmelade und einer halben Tasse lauwarmen Pfefferminz-Tees mit Süßstoff.

Es ist die tatsächliche Geschichte seines alten Stuben-Kameraden Dolfus, angereichert mit ein paar Ungenauigkeiten, die dem fortgeschrittenen Alter und Herrn Kubizeks Fantasie geschuldet sind. In seinen jungen Männerjahren war er mit ihm mehrere Jahre lang eng befreundet. Bis Dolfus eines Tages nicht mehr zurück kam in die gemeinsam bewohnte Studentenbude in der Wiener Stumpergasse und, ohne irgendeine Nachricht zu hinterlassen, einfach nicht mehr da war. Erst mehrere Jahre später hatte er erfahren, was in der Zwischenzeit geschehen war. Und weil sich Herr Kubizek jeden Tag aufs neue so hervorragend erinnert, erzählt er so, als ob er es gerade eben zum ersten mal erleben würde:

Wie jeden Frühlingsmorgen zwitschern die Vögel von benachbarten Bäumen beim Aufblitzen der ersten Sonnenstrahlen. Und das immer gleiche Krähen eines Hahnes aus der erweiterten Nachbarschaft ist auch heute wieder so laut, dass wir es hören müssen, uns weckt und die müden Augen öffnen lässt. Ich drehe mich im Bett auf die Seite und schaue zu, was mein Kamerad macht. Mit der gerade eben schon möglichen Bereitschaft, den Tag zu beginnen, richtet sich Dolfus im Bett etwas auf, um nach vorne gebeugt zu sitzen. Die Decke von vorne über den Schultern, seine Hände irgendwo eingeschoben zwischen leicht gebeugten Beinen und Matratze, so dass er für seinen Übergang in den Tag kaum Kraft aufwenden muss. Halb aufgestanden und immer noch warm. Sein erster Gedanke gilt dem alten Wecker, der ihn wieder im Stich gelassen hätte. Zu seinem großen Glück kann er sich auch heute, am bedeutendsten Tag in seinem bisherigen Leben, auf den Gockel vom Nachbarn verlassen. Dann wendet er sich gleich dem Wichtigsten zu, für den Tag und vielleicht für sein ganzes weiteres Leben – seinem gerade erst fertig gemalten Bild. Mit nun weit geöffneten Augen dreht er den Kopf nach rechts zur Wand. – Es ist da. Mit allen Flächen und Linien, die er noch bis spät in die Nacht mit Pinsel und Spachtel aufgebracht hat, steht es auf der Zeitung leicht schräg angelehnt an der Wand. Die Sorge darum, ob auch alles getrocknet ist, lässt ihn jetzt entschlossen die Beine zur Seite aus dem Bett schwingen und, nach einem tiefen Ein- und Ausatmen für den Kreislauf, aufspringen. Nach nur zwei bis drei Schritten kauert er ab vor seinem Bild und prüft vorsichtig mit dem linken Zeigefinger, ob auch die letzte Linie bereits trocken ist. Er fährt die Mokka-braune, nur etwa einen Zentimeter breite Linie ab, vorsichtig von ihrem Ursprung rechts am Bildrand etwas oberhalb der Mitte beginnend, wo sie die Kante optisch im Verhältnis drei zu fünf teilt. Bis zum linken Rand, wo sie etwas tiefer ebenfalls im Goldenen Schnitt nach fünf Achteln der Kante endet. Ein prüfender Blick auf seine saubere Fingerkuppe bringt ihm Gewissheit. Alles ist gut. Er atmet erleichtert aus. Dann schiebt sich Dolfus, noch auf den Knien kauernd, mit beiden Händen kräftig um einen knappen Meter nach hinten, um das ganze Bild gut betrachten zu können: den Hintergrund mit nur drei farbigen Flächen, die entsprechend des goldenen Maßes drei, fünf und acht Anteile der Gesamtfläche einnehmen. Davor, neben der Mokka-braunen sieben weitere diagonale Linien in anderen Farben, deren Enden allesamt wieder an einem Punkt der Bildkante auslaufen, der entweder die gesamte Länge in drei oder fünf Achtel teilt oder einen bereits unterteilten Abschnitt in diesem Verhältnis. So hat er es geschafft, dass jeweils exakt fünf Linien oben und unten an den genau 128 Zentimeter langen Seiten und nur je drei Linien links und rechts an den kürzeren, nur 80 Zentimeter langen Seiten, enden. Das Verhältnis der Zahlen drei, fünf und acht hat er sogar beim andächtigen Mischen der Farben durch Gramm-genaues Abwiegen der Pigmente beherzigt. So, also ob ihm dabei die eindringliche Stimme eines alten weisen Mannes mit der warmen Hand auf seiner Schulter dazu geraten hätte. – Der Goldene Schnitt als Lebensmaxime für den schaffenden Künstler, dessen Einhaltung zwangsläufig dem Maler eine ordnende Perspektive und dem Betrachter einen klaren optischen Genuss bescheren muss.

Dolfus hatte mir einmal erzählt, dass er bereits sehr früh an langen Tagen im Kindertagesheim die Vorteile von genauen Vorgaben für sich erkannt und angewendet hat. Seine Türme aus hölzernen Bauklötzen waren stets so akkurat gebaut, dass sie die größte Höhe erreichten und als letzte einstürzten. Er war sich schon länger sicher über die positive Wirkung von Präzision im Allgemeinen und die des Goldenen Schnittes im Besonderen.

Er weiß aber noch nicht, wie gut seine Werke den Menschen gefallen, die wirklich etwas von Kunst verstehen. Seit seiner ersten Begegnung mit wahrer Kunst vor der Galerie Lindner im Bezirk Mariahilf träumt er davon, Künstler zu werden. Damals vor acht Jahren stand er auf seinem Heimweg von der Schule als zehnjähriger Bub in kurzen Lederhosen vor dem Bild „Das letzte Aufgebot" von Franz Defregger mit dem Kopf im Nacken und Wasser in den Augen vor staunender Bewunderung für die eindrückliche Wirkung der Farben und Figuren. In der Darstellung der alten Freiheitskämpfer gelang es dem Maler, mit recht groben Mitteln beim jungen Betrachter ein ersehntes Gefühl von väterlicher Dynamik und Aufbruch zu erzeugen. - In den folgenden Monaten konnten ihn auch nicht die Prügel seines völlig gefühllosen Vaters fürs Zu-Spät-Kommen davon abhalten, täglich eine knappe Stunde vor den Bildern im Galeriefenster zu verharren. In den nächsten Jahren machte er dann heimlich immer mehr Versuche mit Stiften und später mit Pinseln, die er dauerhaft von seiner Schule geborgt hatte. Und weil er dann aber nach dem Ende der Schulzeit, vom Vater zum alten Rensein geschickt, in zwei unendlich langen Jahren zuerst mit scharfen Metall-Werkzeugen Stumpfsinniges erlernen und dann tagtäglich bei zermürbenden Wiederholungen in der Werkstatt praktizieren musste, wuchs ein Zorn in seinem Bauch, der immer größer wurde. Ein Zorn wie ein Sysiphos-Kugel, die aus schlammiger dunkelbrauner Erde geformt ist. Und die bei jedem Hinabrollen, das von einer lauten Ohrfeige ausgelöst wird, noch größer und schwerer wird. Nach dem erlösenden Tod des Vaters vor zwei Jahren, ließ er seine Kugel vorläufig unten liegen.

Die Todesnachricht durch seine liebe Mutter bewirkte in ihm augenblicklich eine Befreiung vom Druck des brutalen Müssens. Nur wenige Tage lang musste er sich noch an die Abwesenheit von lauten Schreien aus einem übel riechenden Mund mit schlechten Zähnen, zangenartigen Zugriffen im Nacken, blitzartigen Schlägen auf Backen und Hinterkopf sowie von Peitschenhieben mit einem breiten Ledergürtel auf den Hintern gewöhnen. - So konnte in ihm direkt nach dem Eingraben des schäbigen Sarges ein für ihn völlig neues, angenehm leeres Gefühl von Freiheit entstehen.

Kurze Zeit später erinnerte ihn irgendetwas von innen daran, wie er seinen Freiraum füllen wollte. An die Leidenschaft, nur aus sich selbst heraus, mit Pinsel und Farbe etwas Besonderes zu schaffen. Die dann mit der Zeit immer stärker und aufregender wurde und sich in seinem Körper verbreitete bis in die Fingerspitzen, die immer häufiger vor Ungeduld zitterten, wie bei einem Alkoholiker auf Entzug. Er musste nicht mehr suchen, suchen, nach dem, was er jetzt mit seinem Leben anfangen, was er nur noch tun wollte. Seine Sehnsucht war klar und immer klarer und wollte nur noch herauskommen in die Welt, ohne Umwege direkt über seine Hände auf die weiße Leinwand. Er wollte malen und nichts anderes.

Jetzt mit 18 Jahren reicht es Dolfus nicht mehr aus, sich mit seinen Bildern auszudrücken. Er will, dass auch Andere die Kraft der Ordnung in seinen Bildern spüren und ihre Anerkennung zollen. Und vor eineinhalb Jahren hatte er dieser Anerkennung einen Namen gegeben: Professor Reicheltisch, der Direktor der Allgemeinen Malerschule der Wiener Kunstakademie und als solcher verantwortlich für die Aufnahme von Bewerbern für ein Studium unter seiner Regie.

Es war vorletztes Jahr im Oktober als Dolfus zunächst in gebührendem Abstand vor dem großen Auditorium wartete, um sich dann nach dem Öffnen der mächtigen Eingangstür im passenden Moment unter die Studienanfänger zu mischen. Aus der letzten Reihe folgte er der Erstvorlesung des Professors, dessen geschliffener Einsatz für die Kunst verbunden mit kraftvollen Gesten weit über Wien hinaus hoch geachtet und bewundert wurde. Er verstand es, seine Zuhörer auch durch Äußerlichkeiten auf seinen Vortrag zu fokussieren, ja für sich einzunehmen. Dafür hatte er die Angewohnheit, die Decken-Beleuchtung im fensterlosen Hörsaal zu verringern und zeitgleich die Lampe seines Vortragspultes einzuschalten, um in ihrem hellen begrenzten Schein seine Ausführungen zu inszenieren. Auch auf Dolfus entfaltete der Vortrag seine eindringliche Wirkung. Seit diesem Tag wusste er ganz sicher, dass einzig Professor Reicheltisch die Instanz sein konnte, um sein Talent zu erkennen und zu fördern. Er und nur er sollte es richten, ihn aufrichten zum wahren Maler.

Nun ist sein ganz persönliches Lehrjahr vergangen, das er sich selbst auferlegt hatte, um ohne Lehrer in vielen intensiven Versuchen an der Leinwand ein besonders kraftvolles Bild zu schaffen, das würdig ist, ihn als augenscheinliches Argument auf seinem Weg zur Aufnahmeprüfung bei Professor Reicheltisch zu begleiten. Dass es bis in die Vornacht seines Termins an der Akademie gedauert hat, bis das Bild fertig wurde, ist sicher vor allem Dolfus' Hang zur Perfektion zu schulden, der dafür sorgt, dass er für gewöhnlich die Dinge auf den letzten Drücker erledigt.

Mit der Sicherheit, dass mit dem Bild alles in Ordnung ist, drückt sich Dolfus jetzt aus der Hocke nach oben, steht auf und blickt zur Uhr an der Wand. Noch eine halbe Stunde bis die Tram fährt. Genug Zeit für eine Hand voll Wasser ins Gesicht, für das Überziehen des geliehenen Anzugs und etwas Spucke für die Schuhe. Es braucht heute keine Rasur. Erst gestern hat er sein spärliches Barthaar entfernt. Als er soweit ist, bemerkt er, dass er nichts Passendes hat, um sein Bild für den Weg einzupacken. Alle Zeitung ist voll mit Farbe und der Nachbar, den er nochmal hätte fragen können, schon weg zur Arbeit. „Wir haben keine mehr!" bin ich mir sicher. Sein Blick fällt auf sein Bett. Kurz entschlossen zieht er den Bezug von seiner Decke ab und wickelt den Rahmen in das gut gestärkte Leinentuch. Zu allerletzt am Spiegel noch die Krawatte richten, die ich ihm vor gebunden habe und mit dem Kamm einen einfachen Scheitel legen. Mit passenden Groschen in der Jacke und dem Schlüssel in der Hose nimmt er das eingepackte Bild vom Bett. Da es nicht ganz unter den Arm geht, muss er das große Bild mit beiden Händen etwas umständlich tragen. Vor dem Öffnen der Tür blickt er nochmal zurück auf die Uhr. „Nur noch zehn Minuten!" rufe ich ihm zu. Und: „Ich drück Dir die Daumen!" - Und raus!

Am Abend hat er mir dann erzählt, wie es weiter ging: Dann eile ich die vier kalten Stiegen hinunter und will gleich auf die helle, schon warme Gasse. Gerade, als ich die schwere Haustür nach innen auf gezogen hab, schickt sich ausgerechnet jetzt die alte Spehar an, mit ihren Semmeln hinein zu gehen: „Grüß Gott!" wirft sie mir in den Weg und holt schon Luft für einen Plausch. Da ich es mir mit meiner Zimmerfrau nicht ganz verderben will, ein schnelles: „Ihnen auch!" Dann aber gleich weg. Mit großen Schritten und Augen schnurstracks in Richtung Tramstation an der großen Mariahilfer Straße. - Die Straßenbahn ist meine zuverlässigste Freundin, weshalb sie aber auch nie wartet.

Meine geliehenen Halbschuhe klopfen mit ihren harten Absätzen aufs Pflaster wie die Sekundenzeiger einer großen Standuhr, nur schneller. „Ja nicht ablenken lassen – von nichts und niemandem!" denke ich laut. - Dann bin ich da. An der breiten Haltestelle sind wieder sehr viele Leute zu sehen, die zur Arbeit wollen. Als die Tram kommt, dränge ich mich gleich in Richtung geschätztem Haltepunkt, dort wo vorne der Fahrer im Wind sitzt und kassiert. Fast genau vor mir hält er an. Noch die zwei Eisenstufen hoch und Münzen hin geben, dann bin ich drin. Gleich hinter ihm bekomme ich einen Stehplatz mit Haltegriff direkt über mir. Zum Glück kann ich mein Bild direkt an der Trennwand neben einem sitzenden Herrn auf der Bank abstellen, der beim kurzen Blickkontakt zustimmend nickt und etwas zur Seite rutscht. - Geschafft, jetzt kann nichts mehr schief gehen. Nichts mehr dazwischen kommen. -

Der Wagen ist gerammelt voll. Ich schaue genauer in den Wagen, um zu sehen, wer da ist. Und da, ganz hinten am Ende der langen Bank gegenüber sitzt auch wieder die Stefanie. Wie immer um die gleiche Zeit. Bisher habe ich sie nicht angesprochen. Sie hat keine Ahnung von mir. Ich kenne aber schon ihren Namen, weil sie sich einmal etwas lauter mit einer Freundin unterhalten hat. Morgen werde ich mich aber trauen, ganz bestimmt. Als Maler bin ich dann ja schließlich auch jemand. Da ich mich kaum drehen kann, sehe ich zwangsläufig gerade aus dem Fenster und bekomme beim langsamen Fahren mit, was gerade entlang der Straße los ist zwischen all den vielen Leuten:

Ein Stiefelputzer spuckt auf den Schuh seines Kunden.

An der Ecke bewundern drei kleine Kinder das Funken-Sprühen eines Scherenschleifers.

Zwei feine Damen kaufen mit weißen Handschuhen ein großes Bündel Rosen von einer Frau in Schürze und Kopftuch.

An der Kreuzung folgt eine Gruppe gut gekleideter Männer mit Hut einem älteren, der mit dem Gehstock nach rechts gestikuliert.

Das laute Schlagen eines großen Eisenhammers auf Stahl dröhnt bis in die Bahn lange bevor die Baugrube am Eingang der Gasse zu sehen ist.

Vor dem weißen Sockel der Stiftskirche bettelt ein kleiner Zigeunerjunge in erbärmlichen Fetzen mit dreckigen, weit nach vorne gestreckten Fingern. Wahrscheinlich haust er unten im stinkenden Kanal wie so viele.

So, nur noch zwei Stationen bis zum Museumsquartier, dann drei Minuten zu Fuß bis zur Hochschule. Erst letzten Donnerstag, genau vor einer Woche, bin ich den Weg abgefahren und gegangen, um sicher zu gehen, dass ich pünktlich hin komme. - Ich schaue jetzt nur noch mit verrenktem Hals nach vorne, um den passenden Moment zum Aussteigen zu erwischen. - Kurz vor der großen Kreuzung nehme ich mein Bild und dränge Richtung Tür und raus auf den Museumsplatz. Das große Museum mit seinen vielen hellen Säulen zieht mich an, wie so oft. Jetzt muss ich aber rechts runter zur Akademie, nur noch zwei Blöcke laufen. Bis zum Eingang mit der Uhr beeile mich mich, um sicher zu gehen. Wie soll ich Professor Reicheltisch eigentlich begrüßen? „Habe die Ehre, Herr Professor." oder „Grüß Gott, Herr Professor." Ein ordentliches Verbeugen ist sicher ganz wichtig. - Da vorne sehe ich schon das Akademie-Gebäude.

Nur noch die Gasse hoch bis zum nördlichen Haupteingang. Um die letzte Ecke, dann bin ich da und stehe vor dem Säuleneingang.

Die starke Morgensonne belebt die vielen versteckten Figuren in den Nischen der Fassade. Die Uhr zeigt Viertel vor. - Genug Zeit. - Ich gehe hinein und die zwei Stiegen hoch bis zu seiner Tür. „Warten bis Sie aufgerufen werden" stand im Brief. Ich packe mein Bild aus, stelle es sicher gegen die Wand und falte das Leinentuch sauber zusammen. Durch die dicken Wände und schweren Türen ist nichts von drinnen zu hören. Was er wohl fragen wird? - keine Ahnung.

Dann geht die Tür auf. Ein junger Mann kommt mit seinem Bild unterm Arm und einem breiten Lächeln im Gesicht heraus und ruft beim Weggehen ein jubelndes „Ja!" in den hallenden Flur. Ich glaube, das ist ein gutes Zeichen. Vielleicht ist der Herr Professor heute ja gut gelaunt oder großzügig. - Jetzt bin ich dran, ich habe ein gutes Gefühl."

Und das hat den Dolfus dann auch nicht getäuscht. Professor Reicheltisch haben sein Bild und seine Kunst- Auffassungen sehr gut gefallen. Vor allem, dass es nicht so ein romantischer Kitsch wäre, wie sonst immer, sondern mit einer starken Idee dahinter, die sich in klaren und kräftigen Linien ausdrückt. „Für einen Anfänger formal und auch sonst sehr löblich!" soll er gesagt haben und „Endlich mal was Neues!". Dann ging sein Traum doch tatsächlich in Erfüllung und Dolfus durfte Malerei studieren. Schon nach einem Jahr hat er dann eine Ausstellung machen dürfen, zusammen mit ein paar anderen Studenten, die er mit seinem „Goldenen Formalismus" angesteckt hatte. Es hat eben sehr gut reingepasst in die Zeit der zunehmenden Industrialisierung und in die große Langeweile, die sich über den Herrn Professor wie eine riesige Spinnwebe gelegt hatte.

Am nächsten Tag hat er sich dann wirklich getraut, ist mit der Elektrischen gefahren, nur um die junge Frau anzusprechen, die seine Stefanie werden sollte. Mit der Euphorie vom Vortag hat er sich zusammen genommen und förmlich vorgestellt. „Oh, ein Maler und Student!" soll sie darauf hin gesagt haben, mit schüchterner Verabredung samt Schwester ins unverfängliche Kaffeehaus für den nächsten Tag. Dann sind wir zu viert ins Kafka und haben uns alle eine große Melange mit Schokokuchen geleistet.

„Ja, so war das." nickt sich Herr Kubizek selbst zu mit einem Seufzen im Abgang. Und wie immer an geraden Tagen beendet er dann seine Erzählung mit dem mysteriösen Ausruf:

„Austria hat verlorn!"

Ohne Nachfrage und ohne Applaus für seine von der Belegschaft schon zu oft gehörte Geschichte, geht es dann üblicherweise zum Aktivieren in den Gymnastikraum. Doch als sich die Frauen und Männer in weißen Kitteln anschicken, die ersten Senioren seines Tisches in Richtung Flur zu schieben, ruft Herr Kubizek ein bislang von ihm noch nie gehörtes „Nein!" und nochmal: „Nein, nein!" Und als die Anwesenden gerade erst beginnen, sich zu wundern mit: „Aber Herr Kubizek?" fängt dieser gleich mit der zweiten Variante seiner Geschichte an, die er normalerweise doch ausschließlich an ungeraden Tagen erzählt, also erst morgen wieder an der Reihe wäre. - Diese jahrelang geübte Regel scheint ihm plötzlich völlig egal zu sein. So, als ob es kein morgen gäbe, beginnt er rufend: „Es war wirklich ganz genau so!" So laut, dass sogar Frau Rienzi ihre Wortkargheit überwindet und ihm mit einer Mischung aus Wertschätzung und dem Wunsch nach Mäßigung über den Tisch zu spricht: „Ja, Herr Kubizek, das haben Sie schön erzählt!" Doch selbst Frau Rienzis Ansprache zeigt keine Wirkung. Er wird noch energischer und viel lauter als sonst an geraden Tagen. Nur gelegentlich unterbrochen von unrhythmischen Erinnerungsvorgängen mit suchendem Blick an die Decke: „Es war. Genau! Donnerstag!" Weshalb ihn sein Pfleger kurzerhand samt Rollstuhl vom Tisch zieht und beginnt, den heutigen Unhold in sein Zimmer zurück zu fahren, damit er die anderen in ihrer Lethargie nicht so lange stört. „Lassen Sie mich - es war doch so!" ruft er vergeblich.

In Kubizeks Zimmer angekommen, hebt der Pfleger den alten Herrn aus dem Rollstuhl und legt ihn gleich ins Bett. Schuhe raus und Decke drüber. Als Herr Kubizek im nächsten Moment scheinbar friedlich so da liegt, nimmt er seine Hände auf die Decke und faltet sie, um fort zu setzen - viel schneller als sonst...:

dass Dolfus' alter Wecker ihn wieder still im Stich ließ,
dass aber ausgerechnet am Donnerstag auch der Hahn nicht krähte, weil er kurz ein Beil im Nacken spürte,

dass er deshalb eilend erst die zweite Elektrische erreichte, die dann auch noch auf Höhe der Andreasgasse eine Störung an der Stromschiene hatte,

dass er nun kurzentschlossen aussteigen musste und um gerempelt wurde, sein Bild fallen ließ und dann beim Stolpern mit dem rechten Fuß auf die Bildecke trat,

dass er die Mariahilfer auf dem vollen Trottoir hoch bis zur Hochschule vollends zu Fuß erst zügig gehen und dann vor Angst rennen musste,

dass er immer schneller wurde, den ganzen Anzug voll schwitzte und lautstark auf die Tram und die vielen Leute fluchte, die im Weg waren,

dass er vor dem Hochschulgebäude einen uniformierten Zollbeamten mit Zwirbelbart gesehen hat, der seinem toten Vater sehr ähnlich sah,

dass er es dann trotz allem irgendwie geschafft hat, nur vier Minuten zu spät bei Professor Reicheltisch einzutreffen,

dass er deshalb recht froh war und guter Hoffnung, dass alles gut würde,

dass aber der Herr Professor ihm wegen der paar Minuten in einem Schrei-Monolog die Unentschuldbarkeit unpünktlichen Erscheinens im Allgemeinen und die beleidigende Wirkung auf ihn ganz persönlich entgegen schmetterte,

dass er ihm dann mit gnadenlos ausgestrecktem Arm in Richtung Tür klar machte, dass er jetzt und niemals mehr für die Aufnahme zum Studium an seiner Universität in Frage käme,

dass er sein Bild gar nicht erst auspacken bräuchte und auf der Stelle den Raum verlassen sollte,
dass Dolfus dann wie angeschossen, mit hängendem Kinn und schweren Schultern die harte Steintreppe hinunter kroch und nach draußen in die grelle Sonne des nahen Schillerparks,

dass er dann nach einem inneren Handgemenge zwischen lähmender Enttäuschung und maßloser Wut alle Kraft zusammen nahm, um sein Bild mit einem infernalischen Schrei am großen Schillerdenkmal zu zertrümmern und auf dessen Stufen zusammen zu sinken,

dass er sich nach einer mittleren Weile aufrappelte und gefühlstrunken ins nächste Wirtshaus torkelte, um im Alkohol einen tröstenden Bruder zu finden,

dass ihm dort die alldeutschen Nationalisten beim Frühschoppen von den neuesten Traktaten von Georg von Schönerer erzählten,

dass die anderen Schuld hätten, immer die Ausländer und die Juden sowieso.

„Später in der Nacht ist er dann besoffen ins Zimmer gefallen und hat mir alles so genau erzählt, wie es eben noch ging, weil er ja zum ersten Mal Alkohol getrunken hatte. Und nur einen Tag später war er dann plötzlich weg. - Für immer. - Und ohne sich zu verabschieden oder auch nur ein einziges weiteres Wort zu sagen. Erst viele Jahre später habe ich ihn in der Wochenschau wieder gesehen und dabei gedacht: „Was aus ihm geworden ist!" - „Ja, so war das."

Dann holt Herr Kubizek noch einmal tief Luft, um mit seinem wütend-melancholischen Ausruf für ungerade Tage zu schließen:

**„Oh Wien, mein Wien,
Du Stadt, wo die
Flak-Türme blühn!"**

Vielleicht weil es ausnahmsweise ein gerader Tag ist, hat sich heute zu seinem melancholischen Zorn auch etwas Gnade gesellt, die sich als mildes Lächeln in sein Gesicht geschlichen hat, das sogar der Pfleger bemerkt, der von der einsetzenden Stille beunruhigt nochmal nachgesehen hat. - Als er die Augen schließt, wird es die letzte Regung gewesen sein, an diesem 8. Februar und für immer.

Frei wie ein Vogel
sorglos schweben ohne Hass
das wär ein Leben

Heimlicher Christian
(eine Geschichte vom 05.05.2016)

Wie jeden Morgen mache ich auch heute am Vatertag meinen Gang zur wohltemperierten Gäste-Toilette. Aus dem Familienbad bin ich für mein Ritual schon seit mehreren Jahren verbannt – schließlich müssen die anderen nach mir auch noch. Was nach offiziellen Angaben eine Stunde nach mir ohne Schutzmaske nicht möglich wäre. Und da ich seit Jahren vergeblich auf ein Gasmasken-Schnäppchen unseres Discounters warte, hat sich bei uns diese Lösung des Problems in basisdemokratischer Abstimmung durchgesetzt.
Als ich heute ins WC eintrete, muss ich mich unwillkürlich an die Ausübung meines Ganges vor genau einem Jahr erinnern:

    Ich ging wie immer hinein in der Absicht, mich mit herunter gelassenen Hosen auf den einzigen freien Platz gegenüber der Handtuchhalter-Heizung zu setzen, um es in der nicht-öffentlichen Sitzung wieder einmal so richtig laufen zu lassen. Und um - auch ohne Nachfrage - zu dem zu stehen, was ich gemacht habe, bevor es per Knopfdruck in tiefer Bedeutungslosigkeit verschwindet.

    Doch diesmal sollte der Ablauf empfindlich gestört werden. Denn ich machte meinen Gang in einem brandneuen Schlafanzug, den ich kurz zuvor selbst gekauft und dadurch als wenig überraschendes Geschenk meiner Kinder zum Geburtstag bekam. Dieser hatte einige Vorzüge gegenüber den alten Teilen aus meiner Jugend vorzuweisen, die leider von meiner Frau aussortiert werden mussten. Neben einer angenehm dicken Stoffqualität und legerem Schnitt, wies er auch wohl durchdachte Details auf wie zum Beispiel zwei Hosentaschen und einen circa fünf Zentimeter breiten Gummibund mit einem gut in der Hand liegenden Kordelzug, durch den man mit Hilfe einer einfachen Schleife ein wohliges Gefühl von Sicherheit und Komfort erzeugt kann. Da man von einem Stück Stoff wirklich nicht mehr verlangen kann, ist die Bezeichnung High-End-Schlafanzug dafür wohl angemessen.

    Nachdem ich gerade noch den Rest des heute auch lauwarm noch wohlschmeckenden grünen Fair-Trade-Tees genossen hatte, verspürte ich im unteren Bauch einen deutlich wahrnehmbaren Druck, der sich durch den letzten Schluck noch verstärkte und das eindeutige Bedürfnis auslöste, dringend etwas herauslassen zu wollen, ja zu müssen. Da das zugeteilte Gäste-WC nur etwa sechs Meter entfernt über den Flur liegt, war ich mir sicher, es wie üblich gerade noch rechtzeitig bis zur Keramik zu schaffen. Doch heute war kein guter Tag für das von mir in vielen Bereichen hoch geschätzte Prinzip, die Dinge auf den letzten Drücker zu erledigen. Nach dem hastigen Schließen der Türe, sollte alles ganz schnell gehen. Der Druck auf meiner Blase war bereits genauso groß wie meine Vorfreude, ihn im nächsten Moment erleichtert abzulassen. Ein flüchtiger Blick in Richtung der geschnürten Kordel am Bund und ein beherzter Zug mit der rechten Hand, um die Schleife zu lösen, ging einher mit dem fast synchronen Beugen der Knie zum entspannenden Hinsetzen. Wozu es aber nicht kam. Mein routinierter Bewegungsablauf wurde jäh unterbrochen, denn ich hatte die Schleife nicht gelöst, sondern genau das Gegenteil erreicht und die griffige Kordel zu einem festen Knoten zusammen gezogen. Innerhalb einer Zehntel Sekunde zeigte ich die gleichen physikalischen Reaktionen wie ein überforderter Familienvater, der kurz vor Weihnachten noch ohne Geschenke um seinen Arbeitsplatz bangt, als er zum Chef gerufen wird: das Herz schlägt schneller, die Augen werden größer und die Hände schwitzig, verbunden mit kurzen abwägenden Gedanken und kleinen schnellen Bewegungen. Da auch ganz eilig durchgeführte Lösungsversuche kräftigen Herunterziehens über den Hintern misslangen, kam mir mit zunehmendem Erfolgsdruck am Blasenausgang die kühne Idee, durch ein besonders kräftiges Ziehen am kurzen Ende den Knoten lösen oder zerreißen zu können. – Was freilich misslingen musste, schließlich handelte es sich um einen High-End-Schlafanzug mit einer hochwertigen Kordel aus Bio-Baumwolle und nicht um einen Billigfetzen vom Wühltisch. – „Scheiß Bio!" dachte ich sehr laut. Da In-die-Hose-Machen nicht in Frage kam, schaute ich mich im Raum hektisch nach etwas Schneidendem um und entdeckte eine nicht weggeräumte Nagelschere hinter dem Wasserhahn links von mir. Gleich richtig mit Daumen und Zeigefinger griff ich zu und trennte beherzt die Kordel mit einem sauberen Schnitt, um dann gleich in einer Bewegung gerade noch rechtzeitig die Hose fallen und im Sitzen der gelben Natur ihren freien Lauf zu lassen. Da der Druck mittlerweile so groß geworden war, brauchte es nur noch zwei bis drei Sekunden der Konzentration, um auch für Spritzfreiheit beim Entleeren zu sorgen. Schließlich wollte ich ja nicht eine verhinderte

Sauerei durch eine andere ersetzen, sondern auf den letzten Drücker eine saubere Lösung erreichen.

Generell erledige ich Sachen gerne erst kurz vor Schluss und verkaufe meine Angewohnheit meinen Mitmenschen mit einem professionellem Anstrich versehen als Just-in-time. In einem Wirtschaftsmagazin hatte ich einmal gelesen, dass das für einen maximalen Erfolg ohne Zeitverschwendung anzustreben sei.

Ich hatte es also wieder mal gerade so geschafft und dabei eine neue Lebensweisheit entdeckt. Nämlich die, dass Gewalt manchmal doch eine Lösung ist, wenn man eben nur die passenden Mittel und ein angemessenes Maß für deren Anwendung wählt. Und außerdem noch, dass geflochtene Bio-Kordeln nur etwas für schwere Vorhänge in alten Schlössern sind und an Kleidungsstücken nichts verloren haben.

Zurück am Frühstückstisch überlege ich kurz, ob ich den anderen wieder davon erzählen soll. Es würde sicher auch in diesem Jahr für Erheiterung sorgen. So wie die absolute Lieblingsgeschichte meiner Frau, als ich im schottischen Hochland neben der Straße gegen eine plötzlich aufkommende Windböe gepinkelt hatte und sich der warme Strahl wie in Zeitlupe in eine lange Perlenkette verwandelte, die im Gegenlicht vergeblich einen Träger sucht. - Ich lasse es sein und konzentriere mich lieber auf die Dosierung des Zuckers für meinen Tee. Auf dem Weg zur Dose streift mein Blick das gebastelte Vatertagsherz, welches ich vorhin vom kleinen Jungen gegenüber bekommen habe und das mich trotz aller Bemühungen doch recht stark an das vom letzten Jahr erinnert. Der letzte Vatertag verlief ohne Zwischenfälle und recht erfolgreich. Direkt nach dem Frühstück küsste mich aus heiterem Himmel die Muße und lies mich folgendes Gedicht schreiben:

Vatertag

Der Vater, plump und doch ganz helle,
kommt vier Mal täglich aus der Zelle,
um gut zu tun, was er getan
in einem abendlichen Wahn.

Und wenn er dann am Vatertag

hin geht zur Mutter ganz privat,
und ohne Kutte dann sein Kind
in warme starke Arme nimmt -

ist ihm die Buße Schnuppe.

Mein Lektor meinte damals nur: Wenn ich Kritik am Zölibat oder der Kirche äußern wolle, sollte ich das doch bitte direkt tun und den Heinz-Erhardt-Verschnitt könnte ich mir auch sparen. Das würde so keiner lesen wollen. Meine Frau musste schmunzeln. „Vielleicht sollte ich doch den Verlag wechseln oder einen eigenen gründen mit meiner Frau als Lektorin." fragte ich mich ernsthaft.

Da sich seit dem letzten Jahr natürlich nichts geändert hat, kommen mir immer öfter ganz grundlegende Fragen in den Sinn: Was kann ich eigentlich wirklich gut? Wo genau kann ich Überdurchschnittliches erreichen, etwas schaffen, das bleibt und über die Nachbarschaft hinaus bekannt ist? Mittelmäßige haben nur mäßig gute Mittel entwickelt, bestenfalls ordentliche Werkzeuge gemacht aus ihren rohen Talenten. Wenn ich nur endlich Gewissheit hätte, welchen Rohling ich in die Hand nehmen soll, um ihn dann in Jahre langer Arbeit zu bearbeiten, zu verbessern und zu schleifen bis er richtig, richtig gut ist. Ich weiß nicht, ob es mein Dichten ist – ich habe immer mehr Zweifel. Daran, ob es reicht, ob es gut genug ist, um über die Messlatte zu kommen, die natürlich ziemlich hoch liegt für eine Bestleistung. Sonst wirst Du doch nicht wahrgenommen mit dem, was du da tust. Und später wird sich niemand an Dich erinnern. - Und wer hat eigentlich die Latte so hoch gelegt – da oben hin? Sicher verschiedene: mein Lektor, der Verlag, der Markt, der Leser. Aber, wenn ich ehrlich zu mir bin, eigentlich vor allem ich selbst. Ich habe die Messlatte dort oben hin gelegt; mit meinen Ansprüchen an Sinn und Klang, mit meinen Anforderungen an Form und Tiefgang. Und vor allem mit der Erwartung, dass andere verdammt nochmal gut zu finden haben, wie ich schreibe und was hinten dabei rauskommt. Die schön klingenden Gold-Körnchen subjektiver Wahrheit, die ich in Schwarztee-getränkten Nächten im Schweiße meiner Hände gefunden habe oder die auf der hellgrünen Wiese beim müßigen Wundliegen unterm Baum vom Himmel gefallen sind.

Dann werden meine Gedanken jäh unterbrochen von der Bitte um das Nutella-Glas aus dem Mund einer halb-fertigen Frau rechts neben mir. Um dem riskanten Stochern mit dem Messer über den Tisch vorzubeugen, schiebe ich die Butter gleich hinterher mit dem Hinweis, dass wir in zehn Minuten losfahren müssen. - Meine Gedanken werden sehr oft unterbrochen. Von Menschen, die etwas wollen, von Hunden, die unnötig laut bellen oder von Ampeln, die zu schnell grün werden. Einfach mal völlig ungestört Gedanken zu Ende denken dürfen. Eine Woche kreative Auszeit in aller Ruhe, das wär's. - Gerade als ich beginne, mir ideale Bilder einer Berghütte im Sonnenschein auszumalen, höre ich von der fertigen Frau gegenüber am Tisch: „Wir müssen in die Kirche, auf geht's! Wir räumen nachher ab!" Nach einem genusslosen großen Schluck aus meiner Teetasse stehe ich als Letzter auf. – Zurück bleibt ein halber Gedanke neben einem halben Nutella-Brötchen.

Nach dem traditionell folgenden Disput über die Angemessenheit von Kleidungsstücken zwischen der halb-fertigen und der fertigen Frau und dem von leisen Flüchen begleiteten Sprint der jüngeren nach oben, sitzen wir einen langen Moment später im Auto und rollen endlich los. „Was ist eigentlich Christi Himmelfahrt?" will dann ein kleiner Junge auf seiner grau-blauen Sitzerhöhung wissen. Meine Frau erzählt ihm, dass Jesus nach seiner Auferstehung an Ostern zu den Jüngern ging und, nachdem er auch mit anderen genug gesprochen hatte, noch vor Pfingsten in den Himmel zu Gott, seinem Vater, aufstieg. Die darauf folgenden Versuche, zu erklären, dass er dafür weder eine Leiter noch einen Aufzug benutzte, werden beendet von der Ankunft an der Kirche.

Ungewöhnlich viele Autos auf dem Parkplatz deuten auf gut gefüllte Bänke hin, was sich drinnen bestätigt. Da meine Frau nicht die einzige ist, die sich über das fremde Gedränge wie zu Weihnachten wundert, bringt ein kurzes Getuschel mit den Eingeborenen schnell Klarheit: Goldene Hochzeit des Alt-Bürgermeisters. Wir finden vorne rechts in freigelassenen Bänken ausreichend Platz für uns. Meine Annahme, dass die eben genutzte Chance der Abneigung der Mehrheit gegenüber vorderen Reihen geschuldet sei, wird in dem Moment widerlegt, als sich wenige Minuten später 21 kräftige Männer in der Uniform der freiwilligen Feuerwehr in unsere Bank und die beiden davor drängeln. Nur die vorderste ganz kurze Bank bleibt frei. Der Feuerwehr-Kommandant nimmt direkt neben mir

Platz und singt, nach dem üblichen Begrüßen des Pfarrers mit Aufstehen und Hinsetzen, beim ersten Lied gleich in standesgemäßer Lautstärke mit. Eine halbe Strophe und ein synchrones Augenrollen mit meiner Frau später stellen wir das Singen ein, weil es bei dem Gegröle völlig unmöglich ist, die eigene Stimme zu hören und das Ganze absolut nichts mehr mit Musik zu tun hat. Also schlage ich das Gesangbuch zu und hoffe auf mehr Zeit für Gedanken.

Überraschender Weise gelingt es mir nach ein paar Momenten auch heute recht gut, einfach Wahrnehmungen in meinen Kopf hinein und stumme Worte darin entstehen zu lassen. Obwohl oder vielleicht gerade weil ich von einer halbhohen Mauer aus dunkelblauem Zwirn umgeben bin? Gut, vermutlich auch, weil ich phasenweise völlig freie Sicht habe, da ich mich als Protestant nicht an der katholischen Gymnastik beteilige. An diesem synchronen Wechsel von Sitzen, Knien und Stehen, begleitet von melodiösen Ausrufen der Besucher im Wechsel mit dem Pfarrer. Ich lehne es bewusst ab, bei diesem Erniedrigungsritual mit zu machen. Vor ein paar Monaten habe ich mich aber tatsächlich auch einmal auf Knien erwischt. Keine Ahnung, was mich - natürlich ganz unbewusst - dazu getrieben hatte: banaler Gruppentrieb, Kniescheiben-Magnetismus oder womöglich eine mir bislang völlig unbekannte Neigung? Ich weiß es nicht. Das Unbewusste wird mir zunehmend unheimlich.

Heute habe ich auf wundersame Weise besonders viel Zeit zum Schauen und Denken. Wenn ich es mir so recht überlege, sind diese im Vergleich zum Alltag längeren Momente eigentlich der Hauptgrund dafür, dass ich als Nur-auf-dem-Papier-Christ meine Familie alle paar Wochen in Gottesdienste begleite. Und vermutlich hängt es auch damit zusammen, dass ich sporadisch etwas für das oft nur abstrakte Konstrukt von 'Gemeinschaft' tun will. Dafür, dass es belebt wird. Damit, dass ich denke, es bräuchte hier und überall generell ein Mehr an „Zusammen machen" und „uns Kümmern". Ein Weniger an Geld, weniger Kaufen und mehr Tauschen – uns austauschen von Mensch zu Mensch – Ideen, Erfahrungen, Erlebnisse und Gefühle. Überhaupt auch weniger Zählen und Rechnen, dafür mehr Schätzen, mehr Wertschätzen und echtes Mögen und weniger unechtes Liken durch das Klicken eines Daumen-Bildchens auf dem Smartphone. Sondern wirklich und lebendig mit Worten und Gesten für einen Menschen, der gerade da ist bei mir und mich ansieht mit offenen Augen. Und mit Mundwinkeln, die sich in besonders günstigen Momenten, wenn meine Worte seine Ohren erreichen, fröhlich heben, vielleicht sogar mit kleinen Lachfältchen um die Augen. Und wenn es sehr gut läuft, kann ich ein paar Mal im Jahr in dem Augenpaar, das mich gerade ansieht, sogar einen gerührten Glanz erkennen, der wie ein zarter Lichtstrahl an einem Frühlingsmorgen zurück scheint auf mein Gesicht, ganz klar und mit einer angenehm warmen Frische – gleich, direkt und echt – so wie sich das Leben eben anfühlen sollte. - „So oder so ähnlich!" denke ich abschließend und freue mich noch ein bisschen, dass ich meine gerade recht rührigen Gedanken so schön auf den Punkt bringen konnte. Was freilich nur möglich war, weil ich gerade ungestörte Zeit zum Denken hatte. Heutzutage schaffen es viele Leute einfach nicht mehr, sich diese Inseln der Glückseligkeit einzurichten. Immer mehr Menschen vergeht die Lebenszeit eher wie in einem Fernreisezug, der bei jedem hastigen Umsteigen zwanzig Minuten zu spät kommt. Mit der immer gleichen Erwartung und Enttäuschung und der immer größer werdenden Angst, den nächsten Anschluss zu verpassen und dadurch nie anzukommen. Das Ganze mit freundlicher Unterstützung der Deutschen Bahn und anderer selbst gewählter Naturkatastrophen und stets begleitet von der mit dem langen Daumen hastig gepflegten Unfähigkeit, die vorüber gehenden Minuten und Stunden sinnvoll zu nutzen.

Ich schaue jetzt wieder in den Raum um den Altar und dann in die Leute. Das Reden des Pfarrers und das Singen der Besucher höre ich nur noch dumpf rauschend im Hintergrund, wie eine Art - Monotonfall.- Gleichzeitig sehe ich jetzt besser und kann gut und gerne die Menschen beobachten.

Mein Blick bleibt einen Moment später schräg gegenüber vor der Wand an einer Dame im braunen Pelz hängen. „Üblicherweise trägt man Mäntel aus Tierfell ja doch recht selten an milden Christi-Himmelfahrts-Tagen im Mai, sondern viel eher demonstrativ in Weihnachts-Gottesdiensten" wundere ich mich, fast hörbar für die Frau neben mir. Es muss heute wohl einen ähnlich bedeutenden Anlass wie die Geburt Christi geben, zumindest für diese auf den ersten Blick etwas oberflächlich wirkende Frau Mitte vierzig mit tiefem Dekolletee. Als sich eine jüngere Frau neben sie setzt, dreht sie ihr hübsch bemaltes Gesicht samt blonder Lockenpracht in deren Richtung gefolgt von einem angedeuteten Blick von oben nach unten und zurück, angetrieben von einer Mischung aus Neugier und Angst, jemand könnte in ihrer Umgebung besser aussehen. Die Frau ist wahrscheinlich Kinder-los, eher humorlos, dafür vermutlich reizvoll im Schlafzimmer und sicherlich grauenvoll in der Küche. Damit würde sie alle Einstellungskriterien für eine herzeigbare Frau an der Seite eines einfältigen Millionärs erfüllen.

Ihr Blick geht nun häufiger zwei Reihen nach vorne in die erste Bank, so als ob sie einen Blick erhaschen möchte. Genau dort sitzt das Goldene-Hochzeits-Paar an einem mit weißen Deckchen aufgehübschten Platz. Im ausgelegten Liedblatt neben mir lese ich, dass der Alt-Bürgermeister auch Ehren-Feuerwehr-Kommandant ist. Alles im Blick erahne ich erste Zusammenhänge, die sich rasch verdichten in der Annahme, was die Frau im Tierfell dazu bewogen haben könnte, heute hier in dieser unpassenden Montur zu erscheinen. So wie ein deplatziertes Fabelwesen. - Wie eine Art Wildsau-Nixe, die plötzlich, und ohne, dass man sie eingeladen hätte, am idyllischen Ententeich im Wald auftaucht, um die perfekte Harmonie der friedlichen Waldtiere zu zerstören, alles, was gerade noch wunderschön war, und ohne selbst zu wissen, was sie da überhaupt will.

Da die unbekannte Schöne mit Sicherheit eher wenig Erfahrung im Umgang mit Wasserschläuchen hat, muss ihre Anwesenheit wohl in irgendeiner Art und Weise mit fünfzig Jahren Ehe zu tun haben. Weil sie selbst dafür zu jung ist, wohl eher indirekt. Ich grinse unchristlich und besser-wissend bei dem Gedanken, dass sie in wenigen Jahren definitiv aus dem gebärfähigen Alter heraus sein wird, um doch noch die Familienkurve zu kriegen. Und dass auch der Altersabstand zu großzügigen Herren der S-Klasse rasant im Gleichschritt mit ihrer hochhackigen Attraktivität abnehmen wird. Die Wahrscheinlichkeit wird dann groß sein, dass sie sich an ihrem fünfzigsten Geburtstag mangels eigener Familie tatsächlich über einen Brief des reichen Herrn Otto aus Hamburg freuen wird, dem ein Gutschein über 5,95 Euro beigelegt ist. Die Fußnote, dass der Geburtstagsgutschein nicht übertragbar und an ihre persönliche Kundennummer gebunden ist, wird ihr sogar ein wenig schmeicheln. Nur die freundlichen Grüße einer gewissen Felicitas Gause weiter unten werden sie etwas stören und den Gedanken aufkommen lassen: „Die ist bestimmt nur jünger!". Und mit sechzig wird sie dann vor lauter Verzweiflung ihr Erspartes in die Hand nehmen, um in der Welt am Sonntag folgende Anzeige in der exklusiven Rubrik „Sie sucht Ihn" aufzugeben: „Eine grausam mitgesp. Frau, 60J. total kaputt, möchte dennoch den Mann für's Leben finden. Mein Wunsch ist es, einen Amerikaner zu heiraten." - Genau so oder so ähnlich.

„Armes Mädchen", denke ich, als meine Sichtlinie von einem zu spät kommenden Mann unterbrochen wird. Meine Augen folgen ihm in die erste Bank, die wie immer für ihn reserviert ist. Mit seinem ausgeleierten roten Pullover breitet er sich genau in der Mitte der hölzernen Sitzreihe aus. Neben dem üblichen Gotteslob hat er noch ein halbes Dutzend weiterer Büchlein mitgebracht, die er sorgfältig und auf Symmetrie bedacht je drei links und rechts von sich drapiert. Jeder Gottesdienstbesucher kennt ihn. Er ist immer da. Dass es heute in der Kirche einen besonderen Anlass gibt, hat für ihn sicher keine Bedeutung. Nachher wird er wieder als Einziger zum Empfang der Kommunion vor dem Pfarrer auf den harten Steinboden knien, um sich die Hostie ohne den üblichen Umweg über seine ungeweihten Fingerspitzen direkt auf die Zunge legen zu lassen. Diese immer gleichen Rituale des etwa Fünfzigjährigen sind meiner Frau derart suspekt, dass sie bei ihr tatsächlich ein Gefühl von Angst bewirken. Wie sie einmal sagte, ganz konkret davor, dass er eines Tages in einem passenden Moment mit einem Messer auf jemanden einstechen könnte. So wie es eben ein gestörter Extremist, ein unberechenbarer Schläfer tun würde. Einer, der dem katholischen Arm des IS angehört – oder so. Das wäre natürlich eine völlig sinnlose Tat – von außen betrachtet. Von innen betrachtet macht er auf mich eher den Eindruck eines Mannes, der in seinem fleißig ausgelebten Glauben den Halt und die Sicherheit gefunden hat, die er wohl durch seine Eltern nie bekommen hat. Somit völlig ungefährlich für alle Mitmenschen - zumindest solange man ihm seine Rituale lässt.

Jetzt gehen zwei Männer nach vorne zum Nebenaltar und holen die Klingelbeutel, die hier in der Gemeinde Spendendosen aus Metall sind, um sie dann links und rechts in die Bänke zu reichen. Wie immer muss ich gleich an den Film mit Louis de Funès denken, in dem er Spenden-unwillige Gottesdienstbesucher zunächst durch energisches Rasseln mit dem samt-roten Beutel am langen Stab nötigt, gehorsam Geld hinein zu werfen. Recht schnell eskaliert es dann bis zur handgreiflichen Verfolgungsjagd eines unwilligen Mannes durch die ganze Kirche samt seiner typischen Flüche und „Oohhs". - Heute geht es freilich ganz friedlich zu, auch wenn der Mann im roten Pullover durch kurzes Kopfschütteln signalisiert, dass er ausgelassen werden möchte. Bei Louis de Funès wäre er sicher nicht so einfach davon gekommen!

Auf der anderen Seite kommt die Büchse in die dritte Reihe. Die Frau im Pelz steckt einen Schein in den Schlitz – das übliche Trinkgeld.

Rund um den Altar geht alles seinen gewohnten Gang. Kelche werden geholt und mit Wein, Wasser oder Hostien befüllt. Dabei lateinische Wörter gemurmelt und sparsame Gesten gezeigt: vorwiegend kreuzförmige Bewegungen mit den Händen durch den Pfarrer und ehrfürchtiges Nicken der Kinder in rot-weißen Roben. Als aber die neuen Ministrantinnen wiederholt die Köpfe zusammen stecken und hörbar tuscheln, unterbricht der Pfarrer seine Handlungen vollständig und fixiert die beiden Mädchen mit einem gnadenlos scharfen Blick. Wie einen Augenscheinwerfer setzt er seine stumme Gottesdienstwaffe solange ein, bis die Kinder das unsichtbare Rampenlicht spüren, in das sie gerade geworfen wurden. Viele Augenblicke später bemerken sie endlich und als letzte in der Kirche, dass sie im Mittelpunkt der Aufmerksamkeit knien. Die etwas stämmigen Mädchen blicken dann stark errötet und auf die Größe von zwei Kirchenmäusen geschrumpft zuerst in Richtung Pfarrer und im nächsten Moment verschämt nach unten. - So wie es sich gehört für brave Diener des Herrn. Gleiches konnte ich bereits beobachten, wenn sich die Jungen erdreisten, zu grinsen oder auf andere Art und Weise Fröhlichkeit zu demonstrieren.

Die restliche Zeit des Gottesdienstes vergeht wie im Flug. - Irgendwann stößt mir meine Frau sanft ihren Ellenbogen in die Seite mit einem geflüsterten „Wach auf!".

Nach der Kirche sprechen wir im langsamen Vorübergehen zunächst kleine Freundlichkeiten in Richtung der meist weiß-haarigen Kirchgänger aus den hinteren Bänken, um dann gleich im Auto traditionell den nahenden Hunger zu verspüren. „Was machen wir?" fragt mich die fertige Frau auf dem Beifahrersitz. - Das auch heute folgende einsilbige Geplänkel hat seine tiefere Ursache in der Unlust beider Elternteile, an einem Sonn- oder Feiertag, der ja schließlich zum Ausruhen da ist, in der Küche zu arbeiten. Zu lange haben wir als Jugendliche mit Unverständnis mit ansehen müssen, wie unsere Mütter den gefühlten halben Tag damit verbrachten, in seltsam gemusterten Küchenschürzen einen viel zu trockenen Schweinebraten mit fettiger Soße und weichen Pommes zuzurichten, den wir Langschläfer dann noch im Schlafanzug sitzend als Frühstück widerwillig zerteilt und genusslos in unsere Münder gesteckt haben. Manchmal dauerte die beißende Qual eine gefühlte Ewigkeit, vor allem dann, wenn der definitiv tot gegarte Braten schon fast kalt und die in der Theorie noch rettende Soße nach dem schmeckte, was es war: angeschwitztes Mehl. Natürlich gab es auch gutes Sonntagsessen, aber man merkt sich halt immer nur das beste. - Diese wiederkehrende Erlebnisse hatten wir beide unabhängig voneinander bei vollem Unbewusstsein abgespeichert in der Kategorie „Dinge, die ich als Erwachsener definitiv anders machen werde!"

Da wir beide nun zwar die gleiche Prägung aber nicht unbedingt die gleichen Talente und Arbeitsstile teilen, ergeben sich heute für uns drei Alternativen für die Lösung des nun immer größer werdenden Problems „Hunger":

A: Meine Frau kocht ein schnelles Essen sehr einfacher Qualität, das in erster Linie das Loch im Bauch füllt. B: Ich koche ein wohlschmeckendes Essen mittlerer Qualität, das aber erst in einer guten Stunde satt macht. Oder C: Wir fahren einen Kilometer weiter ins 'Waldeck', wo wir für erstaunlich gutes Essen nach einer mittleren Wartezeit einen geringen Preis zahlen werden. - Wir tauschen zwei kurze Blicke aus, die mit einer derart großen Unlust einhergehen, unsere Küche heute auch nur länger als drei Minuten zu betreten, dass zwei Wörter ausreichen, um eine eindeutige Entscheidung zu treffen: „Ach komm!" sage ich als Kassenwart der Familie und drehe den Schlüssel, um den Motor anzulassen. Wir fahren also in die Wirtschaft.

Nach wenigen Minuten sind wir da. - So eine Gastwirtschaft ist schon was tolles. Viele Städter beneiden uns Landeier ja um das gemütliche Essen für kleines Geld. Und fast jeder noch so kleine Ort hat mindestens ein Waldeck, das dann gerne auch „Zum Hirschen", „Krone", „Engel", „Grüner Baum", „Rose" oder in ehemals besser angebundenen Regionen auch mal „Zum Alten Bahnhof" heißt. Man sitzt darin auf eher unbequemen alten Holzstühlen oder Eckbänken und wenn man aus Unkenntnis der geheimen Tischordnung bei der scheinbar freien Platzwahl nicht aufgepasst hat, wird man eine Zugluft später sachlich aber bestimmt von einem Stamm-Tischler aus seinem Reich vertrieben, versehen mit dem knorrigen Hinweis dass da drüben auch noch ein Tisch frei wäre. Und nachdem die Bedienung im Dirndl nur durch ihre Anwesenheit beschwichtigend gewirkt hat, treffen meist auch gleich die restlichen Tisch-Genossen ein unter dem Motto „Und täglich grüßt das Weizenbier". Nach dem ersten Anheben der Schaumgetränke, die keiner Bestellung bedurften, beginnen sie dann mit dem hart klopfenden Vertreiben ihrer Zeit bis kurz vor zwölf, um danach ein paar Häuser weiter pünktlich zum Mittagsläuten für die rituelle Einnahme des gefüllten Sonntagsbratens mit Knödeln, Rotkraut und brauner Soße an einem anderen wohl bekannten Holztisch Platz zu nehmen.

Mutti muss warten. -
Lautes Spiel vertreibt die Zeit,
Münzen für Karten.

Wir gehen durch die schwere Tür hinein, am voll besetzten Stammtisch vorbei und wählen aus vielen freien Tischen den mit dem schönsten Blick nach draußen.

Für mich als nur gelegentlichen Gast einer Wirtschaft vermischen sich beim Warten nach dem ersten großen Schluck aus dem fleißig bestellten Radler gerne die Stammtisch-Geräusche mit denen essender, sprechender und lachender Menschen von den Nachbartischen zu einem gemütlichen Klangteppich, auf den ich dann gerne mein Ohr lege bis das Essen kommt. Die folgende Zeit der Gemütlichkeit wird begleitet vom Zerkleinern und Konsumieren einer regionalen Wild-Spezialität, von notwendigen Gesprächen über Schulprobleme und unnötigen über andere Leute. Üblicherweise nach etwa einer Stunde drücke ich dann satt und irgendwie glücklich die schwere Eingangstür aus massiver Eiche auf, um an der jetzt besonders frischen Außenluft ganz langsam zu unserem Auto zu gehen, welches mittlerweile in der prallen Sonne steht.

Und so wird es uns wohl auch heute gehen. Mit dem Unterschied, dass das Radler ein alkoholfreies Weizenbier sein und der bereits einsetzende Regen dafür sorgen wird, dass wir nach dem Essen zu unserem Kleinwagen rennen, um nicht zu viel Frische ab zu bekommen.

In der anderen Richtung sitzt ein essender Mann um die fünfzig auf der Bank, für den man das Wort 'eigenartig' erfinden müsste, wenn das die Vereinigung Kaffee-trinkender Strohwitwen nicht schon lange getan hätte.

Schräg über die Tischecke eine ältere Frau, vermutlich seine Mutter, auch wenn sie keine Silbe miteinander sprechen. Er sitzt da mit einer alten Jogginghose und einem vermutlich bereits seit seiner Pubertät gerade noch passenden Sweatshirt, dessen Ärmel er nach hinten geschoben hat, so dass man an beiden reichlich behaarten Unterarmen eine quietschbunte Ansammlung von vielfach gewaschenen Armbändchen aus Plastik und Wolle sehen kann. Vielleicht hat er sie einfach nicht weg machen können, weil er sich so gerne erinnert an die jährlichen All-Inclusive-Urlaube bei seinen besten Freundinnen in Bangkok. Oder weil er schlicht keinen triftigen Grund dafür sieht. Sicher nicht aus modischen Erwägungen. Er hat ungepflegte kurze Haare und zwischen Oberlippe und Nase eine derart ungewöhnlich tiefe Einkerbung, dass deren Schatten im Halbdunkel eines wiederholten Hinsehens bedarf, um immer noch nicht zu erkennen, ob er nun ein Hitlerbärtchen hat oder nicht. Seine Tennis-besockten Füße stehen in gelben Kunststoff-Clogs mit Löchern und wippen immer wieder nervös im Wechsel auf und ab. Ansonsten sind nur schlingende Bewegungen der Hände und Arme wahrzunehmen, welche das Ess-Werkzeug grob umgreifen. Ich traue ihm zu, dass es jeden Tag das gleiche Jägerschnitzel mit Pommes in seinen Magen schafft, dazu ein Spezi, um wegen der Tabletten keine unnötigen Überraschungen zu erleben, die durch Bierkonsum entstehen könnten. Finanziell ist das sicher gut möglich. Und sowieso als Junggeselle auf dem Land, ohne Ausgaben für Miete und Kleidung oder gar für andere Menschen. Seine Mutter sieht mindestens genauso genügsam aus wie er. Und bei den günstigen Preisen von weniger als neun Euro für ein reichhaltiges Essen guter Qualität lohnt es sich für eine Witwe schon lange nicht mehr, den Herd anzumachen.

Als ich wegen des besonders lauten Sieger-Jubels wieder zum Stammtisch hinüber sehen muss, erinnere ich mich an einen interessanten Bericht über die Entstehung sozialer Netzwerke, den ich kürzlich in der Zeitschrift Man's Stealth gelesen habe:

Demnach ist die weit verbreitete Legende, dass das ganze die Erfindung eines amerikanischen Jünglings mit süßem Namen war, völlig falsch. Der ist erst viel später auf den Zug aufgesprungen, als klar war, dass man damit jede Menge Geld machen kann. Tatsächlich war es so, dass der Ursprung der Idee im Schwarzen Adler am örtlichen Stammtisch von Stadtprozelten am Main geboren wurde. Und das war so:

An einem sehr warmen Sonntag des Sommermärchenjahres 2006 diskutierten die sieben anwesenden Herren am voll besetzten runden Tisch wieder einmal die Chancen und Risiken einer Öffnung der Runde für weitere gesellige Eingeborene mit passenden Ansichten, also über die Vergrößerung des Stammtisches. Es war gegen elf Uhr, als ein völlig neuer Gedanke in die Runde geworfen wurde wie ein Herz Ass beim letzten Stich. Dass die Idee sehr verrückt und etwas unrealistisch daher kam, war heute kein Hinderungsgrund dafür, geboren zu werden. Außerdem wurde Größenwahn von der Mehrheit der Stammtischler als durchaus belebender und durchaus erstrebenswerter Charakterzug honoriert. Möglich wurde die bahnbrechende Entwicklung erst, weil an diesem Tag der in Koblenz IT studierende Sohn Fabian seinen Vater zum ersten Mal und nur aus Geldmangel an den Stammtisch begleitete.

Er fand den alten Vorschlag, den neuen Stammtisch einfach durch das Dazustellen eines weiteren Tisches zu vergrößern, doch sehr klein gedacht. Nein. Das Internet, das Fabian in seinen bald sechzehn Semestern an der Uni besonders intensiv studiert hat, könnte eine richtig große Erweiterung ermöglichen. Dabei würde man über den Computer echte Stammtische aus verschiedenen Orten verbinden und auch neue entstehen lassen. Und man könnte so einen großen aus vielen kleinen Stammtischen aufbauen, an dem sich schließlich alle treffen und austauschen können. Als der junge Mann bei seiner zunehmend euphorischen Rede in den Augen der sehr Computer-fernen Männer Zweifel an der individuellen Beteiligungs- und Steuerungsfähigkeit erkannte, ergänzte er mit mehreren Versprechen: Über gegenseitige Einladungen an gleichgesinnte Stammtische per Telefon könnte man sich dann auch völlig ohne Computer zu ortsübergreifendem Austausch und Geselligkeit treffen. Und außerdem hätte er sowieso gerade viel Zeit, so dass er mit Hilfe seines Kumpels auch darauf achten könnte, dass keine dahergelaufenen Deppen oder Idioten mit schwachsinnigen Ansichten mitmachen würden.

Schließlich war bei allen der Drang nach der Erweiterung der verbalen Kampfzone größer als die Skepsis gegenüber der Machbarkeit: „Ja, wenn Du Zeit hast, dann mach halt!" meinte

Karl-Heinz ohne Einspruch der anderen. Der Auftrag war somit erteilt. Und wegen des von Fabian formulierten vorrangigen Ziels, zunächst neue Stammtisch-Mitstreiter zu finden, war für das Ganze auch schnell ein Projekt-Name gefunden: „Wer kennt wen?" wurde einstimmig als besonders treffend erachtet und abgenickt. In der Folgezeit kam Fabian noch alle paar Wochen in seinem Heimatort vorbei und informierte den Ur-Stammtisch über die Fortschritte des großen Stammtisch-Projektes, für das er bald nur noch den Begriff „Netzwerk" benutzte. Und beim ersten Bericht legte er ihnen sogar noch die Beiträge eines Neu-Stammtischlers vor, die er für kritisch hielt, um darüber zu diskutieren, ob die noch sauber oder besser zu löschen wären. Nach einem recht zähen Abwägen von Bauchgefühlen, die immer wieder von herzhaften Rülps- und Aufstoßgeräuschen unterbrochen wurden, kam man überein, dass „der gar so gscheit daher redete." und auch „überhaupt keine Ahnung hätte." Und dass diese Meinungen somit zu löschen und der Depp vom Stammtisch auszuschließen sei. - Aus erfindlichen Gründen wurde es dem Ur-Stammtisch sehr schnell zuviel mit dem Besprechen von fremden Meinungen, schließlich hatten sie ja bereits genug eigene. Und außerdem hielt sie das ganze vom Kartenspielen ab. So dass sie dem Fabian ausdrücklich ihr vollstes Vertrauen aussprachen mit der Absicht, es einfach laufen zu lassen: „Fabi, Du machst des scho!"

Als sie dann viel später erfahren haben, dass ein Amerikaner, der Soccerberg oder so ähnlich heißt, ihre Idee geklaut hat und damit richtig viel Geld verdient, haben sie deutlich sichtbare Zornesfalten zwischen den Augenbrauen und auf der Stirn bekommen. Und bis heute halten sie diesen Diebstahl für eine „riesen Sauerei". Was mindestens einmal im Monat für soviel Wut sorgt, dass gleich mehrere den Bierkrug richtig hart auf den Tisch aufstoßen mit dem Ausruf „Scheiß Amis!". Stets so, dass die ansonsten einfach nur fesch vorbei huschende Bedienung überraschend eingreifen muss mit der deutlichen Bitte um Mäßigung: „Es sind auch noch andere Gäste da!" Bevor dann alle gerne das Thema wechseln, machen sie sich aber noch lustig über den Namen, den dieser Ami seiner Firma gegeben hat: „Gesichtsbuch - so ein scheiß Name!" Das darauf folgende laute Anstoßen ihrer Gläser dient der gesamten Gaststätte als hörbares Ausrufezeichen und Übergang zum Dauerthema „Krankheiten und Sterbefälle". - Passend zum schleichenden körperlichen Verfall der Stammtischler, im Gedenken an ihren Heinz, der nach der Kirchweih mit einem Herzinfarkt in die Jauchegrube gefallen war, und mit Rücksicht auf die daheim bestens informierten Ehefrauen, musste dabei mittlerweile das früher übliche „Hau wech die Scheiße!" dem biederen Trinkspruch „Auf die Gesundheit – das ist ja das wichtigste!" weichen.

Als wir nach unsrem guten Essen die Wirtschaft verlassen, macht ein Blick in den dunkel-grauen Himmel endgültig die morgendliche Planung für einen aktiven Vatertagsausflug am Nachmittag zunichte. Zu Hause angekommen, beschließen wir individuelles Gammeln mit der Aussicht auf Kaffee und Tee zum gemeinsamen Würfel-Spiel am großen Esstisch gegen vier Uhr. Was bei mir schlagartig eine unabwendbare Folge physiologischer Reaktionen auslöst: Meine Mundwinkel senken sich bis zum unteren Anschlag und ich höre das Ausstoßen eines tiefen Seufzers aus meiner Nase. Wie ferngesteuert gehe ich in Richtung Couch, wo mein Körper einschließlich Lidern augenblicklich und völlig anstrengungslos der Schwerkraft nachgibt und mich nach gefühlten fünf Sekunden einschlafen lässt.

Eine mittlere Weile später weckt mich das metallische Geräusch der unachtsam zugeworfenen Wohnzimmertür. Der Blick auf die Funkuhr am Fenster lässt mich einschätzen, dass heute eine Stunde Nickerchen reichen müsste, was mich aufsitzen und eine halb-fertige Frau im Raum sogleich fragen lässt: „Darf ich anmachen?" Womit sie den Fernseher meint, der während meines Nickerchens ausbleiben musste. Mein Nicht-Widersprechen verbunden mit Ihrer Schnelligkeit, wenn es um Medienkonsum geht, lässt mich dann eine laute Werbung nach der anderen und den Beginn von „Tüll und Tränen" ansehen, weil ich zur Flucht noch nicht wach genug bin.

Ich hatte mich auch einmal in der Werbebranche versucht. Über einen ehemaligen Klassenkameraden bekam ich Kontakt zu einer mittelständischen Werbeagentur in der Nähe, dessen Chef sich doch tatsächlich mit mir als Dichter eine künstlerische Aufwertung seiner Texte erhoffte, was ich ihm aufgrund der Ebbe in unserer Familienkasse natürlich auch versprechen konnte. Nach der ersten und gleichzeitig auch letzten „künstlerischen Werbekampagne", die es jemals geben sollte, nutzte ich zu meiner Verteidigung bei den abschließenden lauten Diskussionen, mehrfach statt „Versprechen" entschieden das Wort „Versprecher" mit halb-logischen Ausführungen. Was aber nicht viel half beim Versuch, mich heraus zu lavieren.

Es war so: Das BOG (Bundesamt für Olfaktorik und Gustatorik) in Bonn beauftragte uns mit der Planung, Gestaltung und Durchführung einer großen Kampagne zum Thema „Riechen", die über alle möglichen Medien, einschließlich Fernsehen, ihre Wirkung zeigen sollte. Übrigens, dass sich die Werbe-Agentur „720 Grad" nannte, hätte mich schon stutzig machen sollen. Also nicht etwa „360 Grad", um damit auszudrücken, dass sie bei Ihrer kreativen Arbeit souverän alles rundherum im Blick haben, was wichtig sein könnte. Oder „361 Grad", um kund zu tun, dass der Kunde mehr erwarten kann als bei der Konkurrenz. Nein, es müssen gleich 720 Grad sein. Sie müssen sich also zweimal um sich selbst drehen, um alles mit zu kriegen. Woraus man auch schließen könnte, dass sie nur halb so aufmerksam sind wie normale Agenturen, dadurch doppelt so lange brauchen und natürlich auch doppelt so teuer sind wie die anderen.

Entsprechend langwierig und zäh gestaltete sich meine Zusammenarbeit mit Kollegen und Chef. Und ich bekam nie eine konkrete Antwort auf meine Frage nach den genauen Zielen der Kampagne. Aus meiner Sicht die Ursache dafür, dass das Ganze scheitern musste. Was wollte das Bundesamt damit erreichen oder fördern? Was sollte beim Leser und Fernseh-Zuschauer erreicht werden? Sollten die Bürger mehr riechen, bewusster riechen oder besser riechen und mit allen Sinnen oder was? Und wie wollte man den Erfolg messen? Anhand des Umsatzwachstums von Duftölen in Apotheken oder von Räucherstäbchen im Esoterik-Laden um die Ecke? Und warum das Ganze? Hat ein leitender Beamter entschieden, dass die Deutschen zu wenig riechen oder kam es in den letzten Jahren zu einem rasanten Anstieg von Riech-Unfällen? Ist Riechen besser oder wichtiger als Sehen, Hören, Spüren oder Schmecken? - Bei näherem Hinsehen also blanker Unsinn und Verschwendung von Steuergeldern. Da die Steuergelder auch an mich verschwendet wurden, hatte ich zunächst nicht viel dagegen. Erst als der Agentur-Chef bei zunehmender öffentlicher Kritik die Schuld auf mich und meinen zentralen Slogan schob, verstärkte sich bei mir das Gefühl von Ärger und Unzufriedenheit. Okay, „Mit dem Zweiten riecht man besser!" ist nicht gerade preisverdächtig und übertreibt es vielleicht etwas mit der Phase „Verwirrung", die bewirken soll, dass man sich unbewusst die Bilder und Worte besser merkt. Und der Spruch erschließt sich dem einfachen Bürger nicht innerhalb der ersten Sekunden. - Oder gar nicht. Oder ist halt zu nah dran am alten Spruch des ZDF, wonach man mit dem zweiten besser sehen würde. Aber die anderen tragen eine gehörige Mitschuld daran, dass es so kommen musste.

Aus Frust über den Misserfolg hat sich dann der Chef mit der Freundin des in Feindschaft verbundenen Betreibers einer benachbarten Kfz-Werkstatt erfolgreich im Fremdgehen geübt. Und da das nicht ausreiche, mussten außer mir im Laufe des Jahres leider auch noch zwei weitere Kollegen ihren Hut nehmen, damit der Chef das Versagen angenehm weit von sich fern halten konnte. Schließlich brauchte es ein paar Schuldige.

Nach diesen etwas schmerzhaften Erinnerungen gehe ich nach draußen, um beim Hinunterstellen der Mülltonnen etwas wacher zu werden. Am Gehweg angekommen, sehe ich wie schon wieder der greise Herr im alten weißen Mercedes ohne Kopfstützen heranfährt. Jeden Nachmittag fährt er auffällig langsam durch alle Straßen des Ortes. Neben dieser Regelmäßigkeit ist es vor allem seine Angewohnheit, die Kurven radikal zu schneiden, die meiner Frau suspekt vorkommt und ihr Sorgen um unsere gelegentlich auf der Straße spielenden Kinder bereitet. Seit einigen Wochen hebe ich meine Hand in seine Richtung mit schwindender Hoffnung, dass er eines Tages anhalten möge. Ich habe nämlich von meiner Frau den Auftrag bekommen, zu klären, was das soll. Da der alte Herr aber wohl annimmt, ich würde ihn freundlich grüßen, lächelt er jedes Mal nur dankbar, nickt höflich zurück und fährt weiter. Auch heute blicke ich dem Auto nach dem Passieren hinterher als plötzlich die Bremslichter aufleuchten und der Wagen anhält. Verdutzt gehe ich etwas verzögert hin und versuche mich zu erinnern, was ich eigentlich fragen soll. - Ach ja: „Was die sinnlosen Fahrten sollen." Als ich an der Fahrertür ankomme, kurbelt er bedächtig die quietschende Scheibe herunter und sagt nur: "Bewegungsfahrt!" Und damit ich es auch sicher verstehe, unterstreicht er seine ungefragte Antwort bei der Wiederholung seiner Aussage mit einem energischen Nicken und dem Heben der Stimme in Honecker-Manier: „Bewegungsfahrt!". Ich höre mich sagen: „Ja natürlich, was sonst!" Nach dem Austausch von „Schönen Tag noch!" und „Ihnen auch!" fährt er weiter. Sein dünnes weißes Haar weht etwas verwegen im Fahrtwind der noch geöffneten Scheibe bevor er mit seinem alten Diesel wieder richtig gefährlich die nächste Links-Kurve schneidet. - So, jetzt weiß ich das auch und kann meiner Frau berichten. Ob sie das beruhigen wird? Ich habe Zweifel.

Künftig werde ich weiter die Hand heben. Freilich nur noch, um den alten Herrn zu grüßen, ich weiß ja jetzt um die Sinnhaftigkeit seines Tuns. Wenn auch noch nicht geklärt ist, wer zu bewegen ist: das Auto, damit es nicht zu rostigen Standschäden kommt oder der alte Herr, damit er nicht eines Tages mit blasser Gesichtsfarbe und kalter Haut von der gerufenen Feuerwehr im heimischen Fernsehsessel aufgefunden wird. - Vermutlich beide.

Anschließend berichte ich gleich in der Küche der fertigen Frau davon mit der erwartet vorwurfsvollen Reaktion ihrerseits: „Hast Du ihm nicht gesagt, dass er wegen der Kinder die Kurve nicht so schneiden soll?" „Da bin ich nicht dazu gekommen." versuche ich mich vergeblich heraus zu reden. Sie ergänzt mit dem öfters gehörten Vorwurf: „Sind Dir die Kinder egal oder was? - Ihr Männer könnt ja auch noch mit siebzig Kinder machen, da kommt es ja auf ein paar nicht an!" - Mir fällt nicht mehr ein als: „Schaaatz." Dann wirft sie den Spüllappen zum Geschirr ins Wasser und geht raus. - Ich nehme die unausgesprochene Bitte, fertig zu Spülen, an und drücke den großen blauen Knopf unseres alten Radios im Regal darüber. Da ich mit einem ekligen, unkontrolliert umher spritzenden Lappen nur unter Androhung von Folter spülen würde, suche ich nach meinem Schwamm, den wiederum meine Frau nie benutzen würde. Das fest eingestellte SWR 1 spielt wieder die immer gleichen vierzig bis fünfzig Jahre alten Lieder.

Als ich im warmen Wasser so vor mich hin spüle, kommt mir wie aus dem Nichts die Antwort auf eine Frage in den Sinn, die ich mir schon oft gestellt habe: „Warum sind wir Deutschen in Mitten von Europa, ja der Welt, so friedlich geworden?"

Man könnte es sich mit der Antwort natürlich leicht machen und auf den deutschen Mentalitätswandel nach den selbst verschuldeten Kriegen verweisen. Der eigentliche Grund liegt aber bei genauerem Hinsehen oder besser Hinhören im öffentlich rechtlichen Radiounwesen im Land. Wer tagein tagaus die naiv heitere Musik der Sechziger und Siebziger hören muss, der wird unfreiwillig und ohne eigenes Zutun besänftigt bis zur Bewusstlosigkeit. Ob es die fröhlich rufenden Stimmen von ABBA bei „Dancing Queen" oder das sanft dahin gesäuselte „Bridge over troubled water" aus den Mündern von Simon and Garfunkel sind. Beim Zuhörer wird zwangsläufig der Wunsch nach einem angenehm fröhlichen und wahnsinnig leichten Miteinander geweckt, nach einem absolut friedlichen Leben insgesamt. Brauchte man in der Entstehungszeit dieses Liedguts noch Kisten voller LSD und tagelangen ungehemmten Sex zum Einprägen dieser Sehnsucht nach Frieden, so genügt heute eine erhöhte Dosis seichter Melodei auf die Ohren ahnungsloser Mitbürger durch den öffentlich rechtlichen Äther. Was problemlos durch die täglich gleiche Songliste und das etwa achtfache Abspielen eines jeden Liedes gewährleistet wird. Unser letzter Besuch aus den USA fand übrigens die Musikwahl von SWR1 ziemlich „strange", aber auch „funny". Tatsächlich ist sie einfach nur „extremely peaceful".

Nach dem letzten Topf überkommt mich schon wieder ein Anfall von Müdigkeit, dem ich aber nicht nachgeben will, schließlich hatte ich schon ein Nickerchen. „Aus Langeweile entstehen oft die besten Ideen." lenke ich mich ab vom Gähnen. - Da mir gerade kein Mensch begegnet, der etwas von mir will, und es heute auch sehr warm ist, beschließe ich, in den kühlen Keller zu gehen, um zu schauen, welche alten Schätze noch in den Kartons lagern, die wir seit dem letzten Umzug vor fünfzehn Jahren nicht geöffnet haben oder noch nie.

Als erstes entdecke ich im Schrank in der Ecke einen Karton mit der Aufschrift „Erinnerung C.". Oben aus der Ecke steht ein dünnes, längeres Rohr aus Aluminium über. Es ist silbern mit einem roten Ende und ist nur etwa 1cm dünn. Als ich es in die Hand nehme und instinktiv in Richtung meines Mundes führe, kommen sofort die Erinnerungen an dessen Nutzung in meiner Kindheit zurück. Genauer gesagt daran, wie ich früher gerne meine Schulferien in meinem Heimatort in Badisch Sibirien verbracht habe:

Mehrere Jahre nacheinander sind wir in den endlos heißen Sommerferien wochenlang zu dritt umher gezogen und haben uns in einer recht freien und aus aufgeklärter Sicht vielleicht etwas groben Variante von Räuber und Gendarm mit selbstgebastelten Blasrohren durchs Dorf gejagt. Mit Vorliebe in den engen Gassen und heimeligen Gärten des Abschnitts unterhalb der Hauptstraße. Da eventuelle Verletzungen nicht allzu schmerzhaft werden sollten, beschränkten wir uns auf größere nur circa fünf Zentimeter lange Stecknadeln, auf die wir ein für das Kaliber des jeweiligen Rohres passendes Stück Watte aufspießten, das wir vorher vom Bausch rupften und etwas befeuchtet zur Kugel formten. Der Ablauf folgte stets den gleichen einfachen Regeln: Während sich der Gejagte mehr oder weniger geschickt in Gebüschen und hinter Mauern zu verstecken versuchte, haben sich die Jäger in einer entspannt heiteren Atmosphäre dem örtlich begrenzten Jagdkampf gewidmet mit dem Spielkameraden als bewegliches Ziel. Für den Gejagten wurde es nach ein bis zwei Stunden auf der Flucht meist etwas anstrengend und unentspannt. Manchmal steigerte er sich sogar in so etwas wie Angstphantasien hinein. Mit ER meine ich Hartmut, der eigentlich immer der Gejagte war, während ich und mein groß gewachsener Spielfreund Patrick das Jagdteam bildeten. Hartmut war ein Einzelkind und verdankte seinen alten Namen seinen noch viel älteren Eltern, die den Krieg noch aktiv als Flak-Helfer und Trümmerfrau miterlebten, was wir einmal bei einem großen trockenen Stück Linzer-Torte mit Melissen-Tee zu hören bekamen. Keine Ahnung, ob es an seinem Weltkriegsvater lag, aber er hatte halt immer ziemlich schnell sehr große Angst vor den Nadeln. Und das, obwohl wir ihn fast nie getroffen haben. Und wenn sich eine Nadel dann doch einmal eher zufällig in seine Haut bohrte, waren die paar Tropfen Blut mit etwas Spucke immer gut weg zu wischen. Nur einmal benötigten wir ein Haushaltsübliches Pflaster, weil doch hartnäckig immer wieder neue rote Tropfen aus seiner Schläfe hervor traten und selbst das freundschaftliche Zusammenlegen von viel Spucke nicht mehr half. Bis ich mit einem vergilbten Pflaster aus dem Ersten-Hilfe-Kasten des Opel Ascona meines Vaters wieder kommen konnte, drückte Hartmut ein paar Wattekugeln auf die blutende Wunde, wir hatten ja genug davon. - Ja, so war das damals.

Nachdem Hartmut eines Tages zu Hause etwas genauer erzählen musste, was wir da tagelang in den Gassen trieben, durfte er nicht mehr mit uns spielen – sicher von seiner Mutter aus.

Also verlegte ich mich mit Patrick in den folgenden beiden Jahren darauf, die Sommerferien im liebevoll hergerichteten Tipp-Kick-Stadion seines Wohnzimmers zu verbringen. Es war herrlich. Seine nahezu perfekte Mutter versorgte uns mehrmals täglich unaufgefordert mit Nutella-Broten und Instant-Zitronentee bis zum Anschlag. Kein Wunder, dass Patrick bei der Ernährung einen Kopf größer war als ich. Insgeheim hoffte ich, dass der ungehemmte Zucker-Konsum bei mir auch noch für Längenwachstum sorgen würde. Dafür waren die Sommerferien aber wohl doch zu kurz. Wir brauchten jeweils nur etwa zwei Wochen, bis wir eine komplette Weltmeisterschaft aus den Panini-Alben seines Vaters nachgespielt hatten, einschließlich Vorrunden. Unser geregelter Spielbetrieb wurde in der Mitte meist nur von zwei Wochen Standard-Familienurlaub am Edersee oder in der Rhön unterbrochen. Was uns sicher nicht geschadet hat, schließlich brauchte unsere verkrümmte Halswirbelsäule auch mal eine Abwechslung. - Hier sind ja auch noch zwei unvollständige Tipp-Kick-Sets. „Vielleicht reicht es zum spielen, wenn man sie zusammen tut?" - Ich schaue später genauer.

„Ach ja!" - Beim weiteren Durchsuchen des Kartons fällt mir ein kleiner Pokal mit Steinsockel ins Auge. Die Plakette hat die Gravur: „1. Sieger – Großer Markt 1982" und auf dem Deckelbild ist ein Kettcar-Fahrer zu erkennen. Noch vor dem Fahrradfahren entwickelte ich als kleiner Schuljunge meine Leidenschaft für das Fahren eines unbequemen aber stabilen Plastiksitzes auf vier Hartgummi-Rädern, welcher sich nur durch die Muskelkraft der eigenen Beine und mit Hilfe einer große Kette über den Asphalt der fast Auto-freien Dorfstraßen beschleunigen ließ. Ich war der unumstrittene Kettcar-König im ganzen Neubaugebiet. Doch das reichte mir irgendwann nicht mehr. Ich wollte meinen Ruhm als schnellster Tret-Pilot irgendwie vermehren. Mein Name sollte weit über die Siedlung und die Dorfgrenzen hinaus bekannt werden. Meine Chance dafür kam wie durch ein Wunder im Jahr 1982 nach Christus: Im örtlichen Gemeindeblatt war zu lesen, dass zum ersten Mal in der Geschichte des Großen Marktes für Kinder bis zwölf Jahre ein Kettcar-Rennen in den steilen Gassen des kleinen Städtchens veranstaltet würde. Die Tatsache, dass es auch heute nur rund fünf Tausend Einwohner hat, lässt den Großen Markt zwar wieder etwas kleiner erscheinen, er geht aber immerhin auf eine über siebenhundert-jährige Geschichte zurück. - Für einen zehnjährigen Jungen egal: es ging um ein echtes Rennen, bei dem außer Ruhm sogar Pokale zu gewinnen waren. Nach einem tage- wenn nicht wochenlangen intensiven Training auf den heimischen Straßen, inklusive Startsignal und eifriger Zeitnahme durch meine etwas jüngeren weiblichen Fans, war es in der letzten Ferienwoche endlich soweit. In zwei Autos verbrachten uns die Väter samt Kettcar und Fan-Anhang in die Stadt. Die vielen Fahnen und Zuschauer am Straßenrand hätten einen Dorfjungen wie mich nervös machen können. Ich war aber so konzentriert, vom Einladen meines silbernen Rennschlittens bis zur Ziellinie, dass die anderen nicht den Hauch einer Chance hatten und ich unangefochtener Champion aller Klassen wurde, also des einzigen Rennens. Die Verehrung der Mädchen in meiner Straße kannte keine Grenzen mehr bis zum Wunsch gemeinsamer Fotos mit mir auf dem Sieger-Fahrzeug in der Mitte. - Bis im folgenden Jahr meine Karriere ein jähes Ende nahm, als ein drahtiger Bauernjunge auf einem neuen und leichteren Kettcar es wagte, mir und meinem größeren Fahrzeug, und wohl gemerkt unter Ausnutzung eines bis heute nicht zurück gepfiffenen Fehlstarts, einfach davon zu fahren und vor der entscheidenden ersten Kurve an die Spitze zu gehen. - Das war es dann. Und das mir, wo ich mich doch immer bei allen Rennen und Spielen auf die mit Abstand schnellste Reaktionsfähigkeit verlassen konnte. Aber gegen Fehlentscheidungen von amateurhaften Schiedsrichtern ist man als Kind eben machtlos. Also wurde ich nur Zweiter, was mich zutiefst erschütterte. Gefühlt war ich erst weit nach dem Letzten ins Ziel gekommen. Meinem Renommee im Neubaugebiet hat es zwar nicht geschadet, überörtlich war jedoch der Nimbus der Unbesiegbarkeit ein für alle Mal dahin.

Als ich im Karton noch weiter nach unten krusche, entdecke ich zu meiner großen Überraschung doch tatsächlich das beste Tennis-Polo-Shirt aller Zeiten: Weiß mit völlig ungewöhnlich breiten Anthrazitfarbenen Längsstreifen und dem edlen Logo der französischen Sportartikel-Marke Le Coc Sportif, auf deutsch: der sportliche Hahn, auf der Brust. Seit ich es Mitte der Achtziger Jahre beim damals mit Abstand coolsten Tennisspieler Yannick Noah gesehen hatte, träumte ich davon, es eines Tages auf dem Sandplatz zu tragen und Tennisprofi zu werden. Das verdammt teure Outfit des humorvollen französischen Champions mit Rastalocken sollte ein erster großer Schritt dahin werden. Da es dann wegen knapper Familienkasse aber noch zwei lange Jahre mit Bitten und Betteln gedauert hat bis ich endlich und überhaupt mit richtigem Tennisspielen im Verein anfangen durfte, musste das Shirt viel länger auf mich warten als erhofft. Und während meiner beiden Softtennis-Überbrückungsjahre mit täglich neu aufgemalten Kreide-Linien in Patricks Hof wäre ich mit dem Marken-Polo auch eindeutig overdressed gewesen. - Aber eigentlich war es mit knapp hundert Mark halt einfach viel zu teuer. Mir war auch klar, dass ein Sponsoring meiner Eltern nicht in Frage kam und ich mein komplettes Taschengeld dafür opfern müsste. Leider war das Polo wegen anhaltenden Erfolgs von Noah und hässlicher Nachfolgedesigns auch bei meinem teuren Eintritt in den Tennisverein zwei Jahre später immer noch nicht erschwinglich geworden. Deshalb rückten immer mehr andere Dinge in den Vordergrund, die nur zur Hälfte mit Tennis zu tun hatten: das Trainieren einer absolut extremen Topspin-Vorhand und das Begutachten von französischen Mädchen, die sich gerade im Rahmen eines Schüleraustauschs mit Vorliebe im Schulhof herumdrucksten. Mit ihrer unverständlich getuschelten Unschuld in Schuluniform-Röckchen erschienen sie für uns Jungs völlig unerreichbar. Doch wir hofften auf die geplante 'Franzosen-Feier', die mit etwas unerlaubtem Alkohol gegen Ende der Austausch-Wochen steigen sollte. Unsere rege Beteiligung in den ansonsten nur ertragenen Französisch-Stunden verdutzte unsere Lehrerin zunächst. Vor allem das gesteigerte Interesse für die Konjugationen der Verben tanzen, trinken und küssen ließ sie dann schnell den Braten riechen. Was sie aber nicht davon abhielt, zum ersten Mal praxisnahe Konversationsübungen in den Unterricht einzubauen.

Am letzten Wochenende war es dann endlich soweit. Ich tauschte Turnschuhe gegen neu gekaufte Leder-Halbschuhe und T-Shirt gegen lässiges Hawaii-Hemd auf bester Jeans mit dem Ziel, mit einem der französischen Mädchen zu tanzen und, wenn es traumhaft optimal läuft, zu küssen. Nach dem mehrfachen Ansehen des kultigen Teenie-Films „La boum – die Fete" dachte ich, das wären eventuell erreichbare Ziele. Die Musik müsste halt auch passen.

Nach dem anfänglichen nationalen Zusammenrotten mit Cola in der Hand, spielte der eigens engagierte DJ die ersten tanzbaren Lieder, die zunächst noch zum uncoolen Solo-Tanzen in der Gruppe genutzt wurden. Nach dieser räumlichen Annäherung auf der Tanzfläche brauchte es schließlich nur noch den ersten Amaretto mit Apfelsaft meines Lebens, um mich zwischen zwei Liedern todesmutig in Richtung einer Französin zu bewegen, die sich mit ihren Korkenzieher-Locken schon ein paar Mal kurz in unsere Richtung gedreht hatte. Nach einem schüchternen Austausch von „Hallo!" und „Allo!" sagte sie ihren Namen: „Je suis Christelle." - „Mon nom est Christian." stellte ich mich vor und wollte eigentlich spontan noch sagen, dass das ein schöner Zufall ist, dass unsere Namen... „Notre noms ont le même.." Scheiße, „Wortstamm" auf Französisch? - Sie nahm vorsichtig meine Hand und sagte nur: „C'est génial!" - So süß und mit einem halb schüchternen Blick von unten nach oben, dass es mir an Unterhaltung für den ganzen Abend gereicht hätte, wenn ich sie nicht ab und zu hätte fragen müssen, was sie als nächstes trinken möchte. Dann haben wir getanzt zu „Flashdance", „Fade to grey" und „In the air tonight" – irgendwie, Hauptsache zu zweit, Tanzkurs hatten wir ja noch nicht. Und dann war es soweit. Der DJ war ein richtig guter und hatte sich deshalb auch das schmusige Titellied „Reality" von „La boum – die Fete" besorgt, das trotz der englischen Verse auch in Frankreich ein Riesen-Hit war. Und schon ging es nach den ersten Synthesizer-Klängen los: „Met you by surprise. - I didn't realize..." Bereits bei den ersten Takten legte sie ihre Hände auf meine Schultern und schmiegte ihren Kopf an meinen Hals. Ich umfasste ihre Taille. So drehten wir uns unmerklich im Kreis mit ihrer warmen Stirn an meiner Wange. - Und beim Refrain kam es noch besser: Zum laut intonierten „Dreams are my reality..." drehte sie ihren Kopf und wir sahen uns für einen Moment direkt in die Augen, bevor sich unsere Lippen zuerst vorsichtig und dann immer fester berührten. Bei den folgenden eher ungeschickten Versuchen mit offenem Mund bemerkte ich, dass es für Christelle wohl auch das erste richtige Küssen war. - Einfach schön.

Kurz darauf mussten alle Franzosen gehen, weil der Bus fuhr. Und da am nächsten Tag bereits die Rückreise war, sahen wir uns nur noch einmal beim Abschied mit letztem Küssen und dem schmachtenden Versprechen, dass wir uns Briefe schreiben. Das machten wir dann auch ein paar Mal. Bis Christelle aber irgendwann einfach nicht mehr antwortete. Und beim Gegenbesuch in Frankreich genau ein Jahr später tat sie so, also ob sie mich nicht kennen würde. - Nun ja, die erste Liebelei war vorbei, ohne genau zu wissen warum und wie lange sie überhaupt gedauert hatte. - Nach meiner etwa zwei Tage lang dauernden Enttäuschung, die ich, unfähig, nach zu fragen, jungen-mäßig beim Flipper-Spielen in mich hinein fraß, erinnerte ich mich daran, dass ich doch in Frankreich war, dem Land von Yannick Noah und Le Coq Sportif! - Also machte ich mich auf, sämtlich erreichbare Sportgeschäfte nach dem besten Polo-Hemd aller Zeiten zu durchsuchen. Da es keines von der aktuellen Kollektion war, müsste es auch erschwinglich sein, natürlich nur, wenn es überhaupt noch zu haben war. Und tatsächlich hatte ein Laden noch ein letztes Shirt. Es war mir zwar zu klein, um damit meine extreme Topspin-Vorhand schlagen zu können. Aber für repräsentative Zwecke waren mir die immer noch stolzen, umgerechnet knapp sechzig Mark, nicht zu viel. So gab es für mich doch noch ein unerwartetes Happyend.

Erster Kuss und Liebeskummer – es war nicht der letzte. Wenn ich es noch einmal nötig hätte, würde ich mich in solchen Fällen mit der

Lebensweisheit des sehr erfahrenen und auch mit über siebzig Jahren immer noch knackig braunen Bademeisters Luigi aus Capri trösten, der in einem Doku-Film auf die Frage nach einem Rat für Jüngere nur antwortete: „Wahre Liebe dauert höchstens zwanzig Minuten!"

Unter anderem die Erlebnisse mit diesem Mädchen haben in der Jugend bei mir den Wunsch erweckt, die weiblichen Wesen besser zu verstehen. Zunächst vage, dann immer ernsthafter durch das Lesen entsprechender Fachliteratur wie zum Beispiel „Menschenkenntnis durch Charakterkunde" von Josef Rattner oder später „Gefühle lesen" von Paul Ekman. Im Mittelpunkt meiner Bemühungen stand dabei das mittlerweile stark abgeschwächte Ziel, die Frauen zu entschlüsseln. - Den Schlüssel habe ich natürlich bis heute nicht gefunden. Vermutlich gibt es ihn gar nicht oder wurde zur allgemeinen Belustigung vom zuschauenden Schöpfer im beschaulichen Pjöngjang im geheimen Baseball-Museum von Kim Yong-un versteckt, in einem alten Meisterschafts-Handschuh der Boston Red Sox, welcher sich im großen Atomtresor unter der Parteizentrale befindet, gleich neben den nuklearen Sprengköpfen.

Immer wieder begegne ich Männern, die partout nicht aufgeben wollen und weiterhin - natürlich vergeblich - versuchen, die Frauen zu enträtseln. Gerne rufe ich Ihnen zu: „Lasst es sein!" - Wer versteht schon die Frauen? Wer kommt schon so nah an eine Frau heran, dass es gelingen könnte, auch nur für Bruchteile von Sekunden in den Rosengarten ihrer Seele vorzudringen, und einen flüchtigen Blick in die samtweiche Blüte ihres Herzens zu ergattern, um auch nur für eine Millisekunde einen Hauch ihres perfekten Duftes absoluter Reinheit und Klarheit zu erschnuppern? - Männer sicher nicht! - Am ehesten schaffen das noch kleine niedliche Hunde oder süße weiße Zwerg-Kaninchen oder - Handtaschen. Aber die können ihr geheimes Wissen aufgrund widriger Umstände auch nicht an den Mann bringen.

Da mir die Entdeckungen samt Erinnerungen für heute ausreichen, gehe ich jetzt wieder nach oben. Gerade als ich bemerke, dass es bereits Abend wird, ruft die fertige Frau passend durchs Haus: „Wir müssen uns fertig machen!"

Eine halbe Stunde später gehen wir dann zu zweit nach der kurzen Vergatterung unserer Kinder was Spezi- und Fernsehkonsum angeht, rüber zur Geburtstagsfeier unseres jetzt 35-jährigen Nachbarn.

Die beste Kosmetik-Kundin der Nachbarin wurde auch eingeladen und ist zur getuschelten Überraschung in Begleitung gekommen. Wenige Sätze bei ihrer Vorstellung reichen, um sie zu durchschauen, ob ich will oder nicht. Sie ist offen wie ein Buch – genauer: offen wie ein Brockhaus-Band mit Goldschnitt – Buchstabe H wie Hybris. Die Frau ist Mitte dreißig, hat einen Doktortitel und bildet sich etwas darauf ein, aus feinem Zahnarzt-Hause zu kommen. Ihr neuer Freund passt optisch ganz gut zu ihr. Er ist halt nur Betriebswirt ohne Promotion. Später erfahre ich von meinem Nachbarn, dass sie sich vor ganzen zwei Wochen in Frankfurt im neu eröffneten Nightflight beim Champagner-Empfang kennengelernt haben. Und dass sie ihm dabei gleich klar gemacht hat, wie wichtig es ihr sei, sich nur mit Leuten zu umgeben, denen sie auf Augenhöhe begegnen kann. - Einmal durch sie hindurch geschaut, bin ich mir ziemlich sicher: Wenn sie irgendwann einmal hinfallen sollte, wird sie sich mit niemandem mehr auf Augenhöhe unterhalten können, weil kein einziger Mensch bereit sein wird, sich nach unten zu bücken, um ihr zu helfen.

Nachdem in der Begrüßungsrunde jeder einmal die Namen der anderen gehört hat, macht sich mein Nachbar gleich daran, nacheinander alle Geschenke zu öffnen. Dass er mit unserem beginnt, kommt uns sehr recht, da bei meiner Frau und mir bereits die Taktik in Fleisch und Blut übergegangen ist: „Später kommen und früher gehen". Er öffnet die an einem Pfeil eingerollte Urkunde und liest unser Geschenk vor, welches natürlich als Gedicht daher kommt:

> „Wenn die Krokusse sprießen
> und die Amsel ihre Lieder singt,
> ist es an der Zeit, auf die Jagd zu gehen
> bevor die Dinosaurier aus ihren Eiern schlüpfen."

Auch wenn es dem Beschenkten bereits klar ist, erkläre ich noch kurz für alle Anwesenden, dass es sich um die Einladung zum Bogenschießen auf einem Feldparcours mit Tier-Attrappen aus Hartgummi handelt. Ich hatte natürlich mit einer Reaktion meiner extrem veganen Nachbarin gerechnet als ich mir das Gedicht zehn Minuten vor den Rübergehen noch schnell aus den Fingern gesaugt habe. Was mir aber ziemlich egal war, schließlich ist es ein Geschenk für ihren Mann. „Da gehst Du nicht hin – das machst Du nicht!" sagt sie gleich schnippisch. Es geht wieder los. Ich ergänze also: „Wir schießen dort nur auf unrealistische Ziele, auf längst ausgestorbene übergroße Dinosaurier-Attrappen oder auf viel zu kleine Rehe und Eichhörnchen, ganz winzig. Man kann die kaum sehen, geschweige denn richtig treffen mit so einem Holzbogen." Gerade als meine Nachbarin Luft holt, um mit sichtbarer Entrüstung eine Rede für Tiere zu beginnen, wird dies vom Nachbarn unterbrochen, der sich zuerst lautstark bei mir bedankt, um dann zügig noch die einfallslosen Geschenke der anderen aufzureißen. Da mir klar ist, dass ihre Luft noch raus muss, freue ich mich bereits jetzt auf das folgende Streitgespräch mit ihr am veganen Buffet und grinse – inhaltlich zwar schlecht, dafür emotional sehr gut vorbereitet.

Zwei Momente später weist sie mich wenig überraschend darauf hin, dass sie das von eben nicht lustig findet und dass wir doch... - aus Zeitgründen kurz in Stichworten: Gewissen, Tier-Bewusstsein, Seele, Qualen, Pflanzen, Aufklärung, Entscheidung, Kulturen. Bei letzterem führt sie aus: „Es gibt Kulturen auf anderen Kontinenten, die schon immer vegan leben. Ich entgegne: „Mir ist es völlig egal, was andere tun. Ich interessiere mich nur aus beruflichen und Höflichkeitsgründen für die Kulturen der Ausländer in unserem Land." Woraufhin sie mich aufklärt, dass meine Wortwahl nicht politisch korrekt sei und ich doch bitte in ihrem Haus das Wort „Ausländer" vermeiden und stattdessen „Menschen mit Migrationshintergrund" benutzen solle. „Einem Dichter vorzuschreiben, welche Wörter er zu gebrauchen habe, ist ja wohl die Höhe" denke ich mir und erwidere sogleich schwungvoll, dass ich gehört hätte, dass man seit neuestem zu Frauen auch „Menschen mit Menstruationshintergrund" sage und schlug aus Gründen der Gleichberechtigung weiter vor, dass wir in unserem Gespräch fortan auch statt dem überkommenen Wort „Mann" „Mensch mit Masturbationshintergrund" gebrauchen sollten. Das sei vermutlich politisch korrekter und darauf käme es ja schließlich an. Daraufhin beleidigt sie mich mit der Annahme, ich hätte Politiker werden sollen. „Politiker ist das Drittletzte, was ich tun würde, nur knapp vor Nageldesigner und Hundefrisör." verdeutliche ich meine Abneigung und unterstreiche mein persönliches Ranking: „Politik ist da, ohne dass ich es gewollt hätte, und Politiker machen alles, um irgendwie die Macht eines höheren

Postens zu erlangen, damit sie dann auf dem Höhepunkt ihres planlosen Herumwurschtelns in einem einmaligen und zufällig zustande gekommenen Fernsehinterview auf die Frage, was denn im aktuellen Krisenfall zu tun sei, mit sehr vielen nichts sagenden Worten ausweichend umschreiben, dass man das zum jetzigen Zeitpunkt nicht beantworten könne und dadurch eigentlich nur verdeutlichen, dass der Politiker an und für sich halt ganz einfach mal da ist und nicht wirklich viel kann oder will, aber das mit der ganzen Entschlossenheit und rhetorischen Entschiedenheit, die gerade eben noch auszuhalten ist bei all dem Stress. - Außerdem ist Politik so ein kurzlebiges Geschäft. Nur im besten und recht seltenen Fall wird sie zu einer schönen Fußnote in einem Geschichtsbuch. Im schlechtesten Fall tötet sie viele Menschen und bekommt dafür ein ganzes Kapitel. Kunst dagegen ist gefühlte Ewigkeit, die man immer nur in einem Moment begreifen kann. Weil sie aus dem erlebten Inneren eines Menschen kommt und in andere Menschen für wahr genommen hinein geht." - Bereits während des letzten Satzes dreht sich meine offensichtlich nicht mehr interessierte Nachbarin einfach zur Seite und blickt zuerst auf ihr leeres Glas und dann auf das Flaschen-Buffet, um sich im nächsten Moment wortlos von mir ab und dem Alkohol zu zu wenden, um aufzufüllen. „Weggehen und Auffüllen ist eigentlich meine Taktik!" denke ich fast hörbar. Nach der geteilten Vorliebe für Nüsse im Wasabi-Mantel ist das nun schon die zweite Gemeinsamkeit mit ihr, die die Welt nicht braucht. - Nach einem kurzen Blick nach unten rechts verspüre ich ein flüchtiges Gefühl von so etwas wie Anziehung und begebe mich, ohne darüber weiter nach zu denken, auch zu den Flaschen, die in Reih und Glied zum Leeren bereit stehen. Ihr wortloses Desinteresse bewirkt die wahllose Füllung meines Glases mit dem ersten Rotwein in der Reihe, um mich damit gleich zum bodentiefen Gartenfenster zu begeben, die Flasche in der anderen Hand.

Ich hätte ihr vielleicht noch von der Sehnsucht erzählt, die mich gerne beim melancholischen Hinaus-Blicken ins Grüne überfällt. Von dieser Traumvorstellung, ein völlig freier, verantwortungsloser Künstler zu sein. Sie scheint mir ein wesentlicher Grund für die Faszination für Kunst und für Künstler überhaupt zu sein. Begleitet vom neidischen Gedanken: „Die haben es geschafft, aus einem großen Interesse, das zur tiefen Leidenschaft wurde, einen Beruf zu machen." Den Prozess der Berufung stelle ich mir dabei gerne vor wie einst bei Luis Trenker: „Muatta, der Berg ruaft – I muss in'd Wand eini!" Wobei den Maler nun eben nicht die Fels- sondern die Leinwand ruft mit ihrer unwiderstehlichen Anziehungskraft und der eindringlichen Bitte um Gestaltung. - Wer ruft da eigentlich aus der Wand? - Vielleicht ruft Mutter Natur den Bergsteiger, obwohl er eigentlich lieber gehabt hätte, dass sein ansonsten stummer Vater endlich zu ihm spricht? - Kann sein. Aber wer ruft den Maler aus der Leinwand? Wer den Schreiberling aus dem leeren Blatt Papier? - Womöglich das eigene Innere, die Seele des Künstlers, welche mit der weißen Wand im Rücken ihre Chance ergreifen möchte, sichtbar zu werden mit Hilfe des restlichen Pinselhalters. Die vielleicht einzige Chance, für wahr genommen zu werden, zunächst vom Künstler selbst und dann über sein Werk vom aufmerksamen Betrachter. - Kann sein, muss aber nicht.

Und dabei schaffen es diese Maler, durch wer weiß welche undurchschaubaren Mechanismen von Kunstmärkten mit geheimnisvollen Mäzenen und umtriebigen Kunstagenten, Erfolg zu haben. Und diesen sogar aufrecht zu erhalten mit Hilfe von Menschen, die mit dem Einkommen eines Sozialhilfeempfängers sicher als Messi bezeichnet würden, weil sie eben jeden interessanten Schnipsel aus dem Feuilleton aufsaugen, früher ausschneiden und sorgfältig in undurchschaubar sortierten Stapeln in der Wohnung aufbewahren und heute in schlecht benannten Ordnern speichern. Und die nun aber durch Erbschaft oder andere glückliche Umstände doch verdammt reich sind und mit Vorliebe ihr vieles Geld bei einem renommierten Auktionshaus für möglichst große Kunstwerke lassen, welche sie in einer wahnsinnig freundlichen, ruhigen und zugleich ernsten Atmosphäre von weißen Wänden, Menschen in asymmetrischer Trauerkleidung und hohen Geldbeträgen im Wettstreit mit dem anonymen Ausländer am Telefon ersteigert haben. Um dann wenig später das sechs Quadrat Meter große Bild nach einer umständlich zelebrierten Aufhängeaktion mit Hilfe eines unverständigen Handwerkers vom Ort an exponierter Stelle im mittlerweile alten Anwesen täglich zufrieden betrachten zu können.

Gerade als ich den Gedanken beende und meinen Blick wieder auf mein aktuelles Leben richte, kommt auch die fertige Frau dazu, um mit dem Glas in der Hand Ausschau nach einem wirklich halb-trockenen

Weißwein zu halten. Wie ich weiß, darf der auf keinen Fall zu lieblich und niemals zu trocken sein. Als ich dazu komme, fragt Sie mich: „Amüsierst Du Dich?", was ich schnell bejahe mit einem Fingerzeig in Richtung Bacchus rechts außen.

Wie ich jetzt wieder und schon oft erleben konnte, haben Frauen eine besondere Gabe, die uns Männern völlig abgeht. Nämlich die, mitten im Alltag, ohne nach zu denken und praktisch im Vorübergehen, Fragen an ihren Partner zu stellen, welche, ohne dass sie es ahnen, von aktueller und tiefer Bedeutung für die eigene kleine Beziehungswelt sein können. Fragen wie zum Beispiel: „Findest Du meine Beine noch gut?" - Was willst Du da als Mann sagen? Eines ist klar. Wenn Du nicht gerade eh vor hattest, ein neues Leben zu beginnen, geht die ganze Wahrheit auf keinen Fall. Und es werden auch keine pauschal schönen Umschreibungsversuche helfen wie: „Ich finde alles Dir gut!" Oder spontane Verwirrungsversuche wie: „Welche Beine meinst Du?". Die Ausgangsfrage wird von der Frau vielleicht ausgesprochen mit dem Wunsch, gelobt zu werden, oder dem sehr unbewussten, über die eigene Partnerschaft nach zu denken oder überhaupt einmal darüber zu reden. Weshalb sie schon wichtig sein könnte. Jedoch geht ihr dabei oft jegliches Gefühl für Timing ab, so dass der gewählte Moment eben fast immer völlig ungeeignet ist. Insofern dürfen Fragen dieser Art vom hörenden Mann grundsätzlich als unfair und unpassend wahrgenommen werden. Aber damit ist es ja leider nicht getan. Meine Oma würde sagen: „Hilft alles nix!" Und meint damit, dass man nicht einfach passiv und blutleer in der Ecke herumstehen kann, sondern etwas tun muss. Nach vielen leidvollen Erfahrungen mit wahnsinnig anstrengenden und irgendwann völlig unlogischen Gesprächen auf dem Flur oder im Garten, damit auch noch die Nachbarn etwas davon haben, gibt es wohl nur zwei konstruktive Lösungen: Entweder das Antworten mit einem dosiert schnellen und wenigstens im Tonfall ehrlich herüberkommenden: „Ja!" mit der Gefahr dass sie nachfragt: „Wie ja?" oder „Was genau?. Oder das intuitive Ignorieren dieser objektiv genommen destruktiven Frage in Verbindung mit einer Ersatz- oder Folgehandlung, die von den besagten Beinen wegführt. Also zum Beispiel nach wenigen zügigen Schritten in die Küche scheinbar fleißig mit dem Geschirr Geräusche machen oder schnell auf's Klo müssen mit einem freundlich ins Flurorbit gerufenen „Komm' gleich!". Oft helfen auch Mischformen: zum Beispiel ein schnelles „Ja!" mit einer schnellen Folgehandlung – wie gerade eben im Bacchus-Beispiel. So oder so: Meist ist die Beine-Frage nach wenigen Minuten passee, weil sich der weibliche Gedankenkreisel weiter gedreht hat nachdem er durch den Zwischenruf eines Kindes oder durch das wiederholte Beobachten der Ausbruchsversuche sportlicher Zwerg-Kaninchen im Garten neuen Schwung bekommen hat. - Herauszukommen aus dem gewohnten und oft beengten Lebensraum, gelingt ihnen nach meiner Beobachtung meistens dann, wenn sie ihre Beine gut trainiert und draußen etwas Neues und Reizvolles entdeckt haben. - Das scheint zufällig für beide zu gelten: für Frauen und Kaninchen.

Es gibt Leute, die behaupten, es gäbe keine Zufälle – ich gehöre dazu und meine auch, dass sie ungemein helfen können. Denn, wenn einem etwas zu-fällt – zum Beispiel eine Tür vor der Nase oder Prügel vor die Füße, dann eröffnen sich doch auch immer neue Möglichkeiten: mich an der Tür umdrehen und dort hingehen, wo ich willkommen bin oder den Prügel aufheben und etwas daraus machen. Ohne diese Zufälle würden wir doch meistens nichts im Leben ändern, aus Faulheit, aus Angst oder weil wir angeblich gerade keine Zeit dafür haben.

Ich denke, das gilt für alle: für Frauen und Männer - gut, weniger für Kaninchen.

Eine große Langeweile später, gefüllt mit völlig sinnlosen Gesprächen über die Weltpolitik, das Wetter und Katzen, habe ich zum Ausgleich knapp zwei Flaschen Offenbacher Nierenstein geleert, Pockenbeeren-Auslese. - Weshalb ich jetzt gerne dem Drängen der fertigen Frau nachgebe, wie für uns üblich, früher zu gehen. Und sorge für Luft in meinem Weinglas mit einem letzten großen Schluck, in der Absicht, im Haus nebenan möglichst schnell das Bett auf zu suchen. Nach der abgedroschenen Verabschiedung mit „Wir gehen dann." „Schade. - Schön, dass Ihr da wart.", „Tschüss!" und symbolischem Handheben in Richtung der Anderen, gehen wir raus. Da der Kirschlorbeer noch nicht hochgewachsen ist, können wir glücklicherweise immer noch die beliebte Abkürzung durch die Hecke nehmen, was uns mindestens fünfzig Meter schrägen Umwegs erspart. - Also durch - Tür auf - Schuhe raus - nochmal kurz aufs Gäste-Klo mit leichtem Drehstuhlgang - leise hoch - Klamotten raus - Schlafanzug an - und ab ins wohl bekannte Bett in der Hoffnung, dass es heute Nacht nicht wieder zur Kirmesattraktion mutiert, die sich auf mehreren

Achsen gelagert als TWISTER in unberechenbarer Art und Weise dreht - womöglich mit angekündigter gratis Extrarunde: „Jezz abba, volle Pulle, ab geht die Post, auf und nieder immer wieder, fertig zum Endspurt ohne Gurt, noch 'ne Runde ohne Wunde, let's fetz Freunde - uuuuund Abschuuss!"

Wir liegen endlich. Das Licht ist aus. Ich schließe meine Augen, drehe mich auf die linke Schulter und richte die Decke. Zum Glück bewegt sich alles nur ganz leicht im Kreis. Und ich liege fast ruhig.

Einen Moment später höre ich, dass sich meine Frau in meine Richtung dreht. Mit geschlossenen Augen erahne ich Ihr Gesicht.

Mein inneres Bild ist Grau in Schwarz, wie starker Nebel nach Sonnenuntergang.

Ich höre ihr Atmen und meins und will einschlafen.

Unerwartete Gedanken an Frauen, Hasen, Gitter und Marder halten mich aber davon ab. „Scheiße, ich hab doch getrunken und bin müde!" denke ich und drehe mich auf den Bauch, das Kissen unterm Brustkorb.

Und beginne mit meiner im Seminar erlernten Einschlaftechnik:

In meiner Vorstellung stecke ich jetzt die störenden Gedanken in einen weißen Briefkasten vor einer Brücke - zuerst nacheinander jedes Wort auf eine eigene Karte:

„So, schreiben und alle rein -

Frauen, Hasen, Gitter, Marder, alles rein, zuletzt noch eine Karte pauschal für alle Gedanken, die vielleicht noch kommen. – Alle drin. – Noch Abschließen und Schlüssel einstecken.

Ich stehe am Beginn meiner Brücke und gehe langsam los. „Mit jedem Schritt werde ich ein bisschen müder - und müder...!"

„Kann sein... muss nicht... darf aber....".

„Ich bin ein guter Einschläfer." lodert mein Gehirn noch einmal schwach auf, bevor es ganz aus geht.

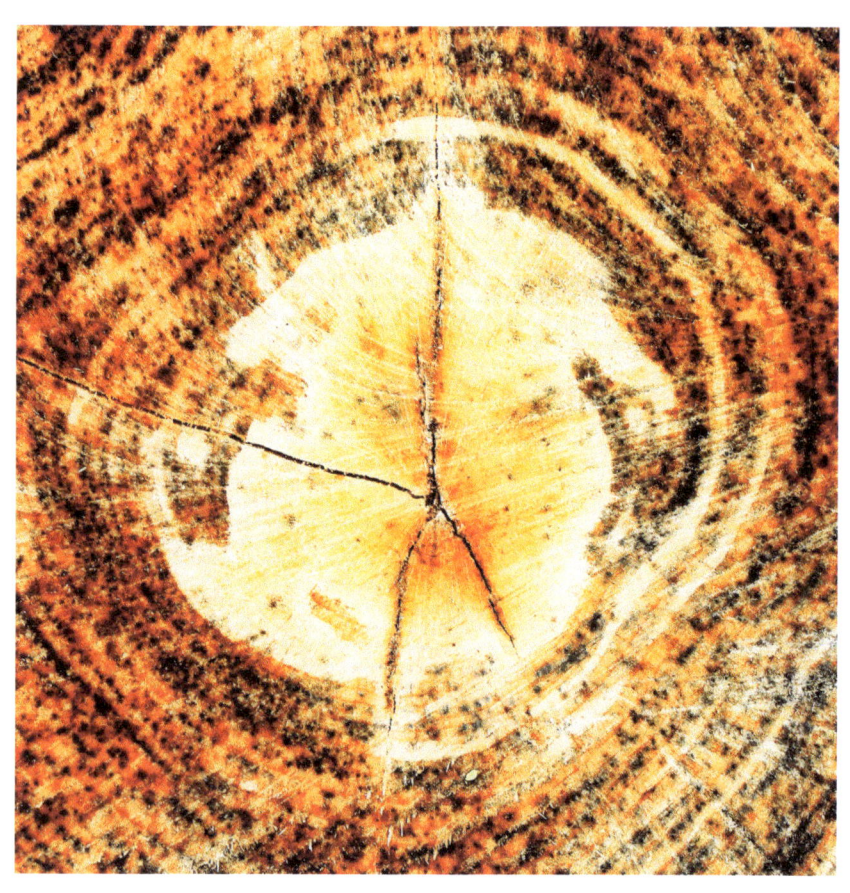

Im Schatten der Bäume
erwachen die Träume
vom Glück unsrer Zeit

Der Natur-Coach und die Klassefrau
(eine Geschichte vom 08.09.2016)

Das „wie" war weit außerhalb ihrer Vorstellungskraft, das „wofür" konnte sie noch nicht erahnen, doch „wohin" spürte sie schon lange tief in ihrer Seele, die in der Brust wie ein kleines Mädchen darauf wartete, dass sie endlich jemand an der Hand nimmt.

Als sie heran fährt, ist es Morgens um zehn am Wanderparkplatz oberhalb eines sehr kleinen Städtchens. Mit gepacktem Rucksack und freundlichem Gesicht bin ich bereit. Nach der Begrüßung, zwei, drei Sätzen zum Warmwerden und der üblichen Zustimmung zum Duzen, gehe ich mit meinen Coachee los. Sie heißt Caroline, ist Mitte vierzig, Führungskraft einer großen Modemarke und alleinerziehend mit siebzehnjähriger Tochter. Alle Fragen zum Ablauf haben wir schon im Vorgespräch geklärt, deshalb können wir gleich anfangen.

Für den Übergang vom Stress zur Ruhe, von Stadt und Verkehr hinein in die Natur, gehen wir stumm auf dem Feld-Weg nach oben zum Waldrand. Sie geht rechts und ich links. Im Laufe des Tages werden wir die Seiten wechseln, wenn sie nur noch optimistisch auf ihre nächsten guten Schritte blicken soll.

Nach nur etwa einhundert Metern bin ich mir schon ziemlich sicher, dass es ein guter Tag wird. Sie geht immer einen halben Schritt voraus, ganz egal wie schnell oder langsam ich bin. Wortlos zeigt sie mir damit, was sie bereits am Telefon gesagt hat: Dass ihre Motivation groß ist, dass sie weg will, weg vom Ur-Schlamm, in dem sie sich seit vielen Jahren gewälzt hat, in eine leichtere, sonnige Zukunft.

Mit den energischen Schritten einer flotten Dreißigjährigen und der erhabenen Entschlossenheit einer attraktiven Fünfzigjährigen geht sie mit mir schweigend an Büschen und Obst-Bäumen vorbei. Nach weiteren etwa dreihundert Metern leichten Berg-aufs sind wir da. Es ist ihr zu warm geworden, weshalb sie ihren dünnen Pullover auszieht. So wie es Mädchen gerne tun, über den Kopf mit beiden Armen nach oben. Dabei kann ich deutlich sehen, dass alles da ist, um einen Enddreißiger wie mich von der Arbeit abzulenken. Für einen Augenblick schießt mir die unprofessionelle Frage in den Kopf, was so eine tolle, selbstbewusste Frau überhaupt bei mir will – und verpufft im hellblauen Spätsommer-Himmel. Dann fasse ich mich, wende meinen flüchtigen Blick ab von ihrem gespannten T-Shirt hin zum nächsten Schritt im Coaching-Prozess und denke weiter: „Gleich wird das Schweigen gebrochen. Dann zuerst die Sinnesübung, anschließend lasse ich sie ihr Problem beschreiben."

Sobald es richtig losgeht, nehme ich jeden, der zu mir kommt, nur noch als Menschen wahr – egal ob Mann oder Frau. Dabei spielte es bisher für meine Aufmerksamkeit, mein Mitgefühl und meine Ideen auch keine Rolle, ob derjenige jung oder alt, ein Krankenhaus-Direktor oder eine Putzfrau war. Mensch ist Mensch. Und jeder Mensch kann etwas und will etwas, und jeder Mensch ist liebenswert trotz aller Schwierigkeiten, Unperfektheiten und persönlichen Special Effects.

Als wir am Eingang zum Wald stehen, erkläre ich ihr, wie wichtig es ist, dass wir uns zunächst um unsere Sinne kümmern, unsere ersten und wichtigsten Werkzeuge nicht nur für heute: „Caroline, beim sogenannten Mönchsgang konzentrieren wir uns jetzt gleich auf das, was wir im Stehen und beim Gehen auf- und abseits des Weges in Richtung unserer Hütte jeweils sehen, hören, riechen und schmecken können und am Ende auch, was wir spüren und fühlen. Nacheinander. Für jeden Sinn erkläre ich dann jeweils, was zu tun ist und wir nehmen uns jeweils gefühlte fünf bis zehn Minuten Zeit, um uns immer nur auf einen Sinn zu konzentrieren. Jetzt im Spätsommer gibt es unendlich viele Dinge wahrzunehmen hier im Wald. Und weil wir dabei mehrfach üben, uns jeweils nur auf einen Sinn und eine Sinnes-Wahrnehmung zu konzentrieren, trainieren wir dadurch auch unser Körperbewusstsein und die Aufmerksamkeit für unsere Umwelt. Diese verbesserte Achtsamkeit hilft uns auch im stressigen Alltag dabei, früh genug zu erkennen, wann uns etwas gerade unangenehm oder zu viel ist oder wird, um rechtzeitig einer Überlastung vor zu beugen. - Oft ist es so, dass Menschen, die ausgebrannt sind oder Krankheiten bekommen, es verlernt haben, auf die Signale ihres Körpers zu achten. Signale, die ihnen eigentlich anzeigen, dass sie langsamer machen oder Andere um Hilfe bitten sollten oder dass es besser wäre, „Nein!" zu sagen. - Am Ende der Übung werden wir unsere Sinne für den Tag geschärft haben und Du hast für zu Hause eine einfache schöne Übung, die Dir sicher helfen wird, wenn Du sie öfters machst."

„Ich glaube, das kann ich gut gebrauchen." sagt sie spontan.

Hast Du noch eine Frage dazu?"
„Nein, soweit alles klar."
„Gut, dann fangen wir jetzt mit dem ersten Sinn, dem Sehen, an. Hier und bis da vorne zur Kurve, so wie Du gerade Lust hast, zu sehen: Schau Dich um, unten und oben, links und rechts, nah und fern. Sei neugierig mit den Augen – und sieh' einfach was Du siehst! - Ich warte dann vorne auf Dich. Okay?" - „Ja."

Ich gehe langsam weg, um ihr Platz und Freiheit zu lassen, die Übung alleine ganz intuitiv und auf ihre Art zu machen und um ihr nicht in der Sichtlinie herum zu stehen.

Heute hat es über zwanzig Grad und es ist fast windstill. Die Sonne scheint in Strahlen schräg in die großen Buchen und zwischen den grün und gelb belaubten Ästen durch bis auf den Waldboden. Die zunehmende Wärme der Strahlen kann ich schon in den Lichtbündeln sehen, die an manchen Stellen diffus streuen und so einen unscharfen Lichtnebel entstehen lassen. Im Gegenlicht sind hier und da glänzende Spinnweben und kleine Fliegenschwärme zu erkennen, die am frühen Licht zu haften scheinen. Die großen silbergrauen Buchen geben mir immer ein gutes Gefühl, wenn ich sie sehe. Diese selbstlosen alten Riesen mit ihren leicht faltigen Elefanten-Füßen und bemoosten Wurzelarmen. Sie strahlen Stärke, Demut und Geborgenheit aus. Ein Moment des Ansehens genügt, damit diese angenehmen Gefühle unmittelbar über meine Augen in mich gehen und nach wenigen Sekunden im ganzen Körper wie ein warmer ruhiger Nebel spürbar sind.

Sie kommt mit einem Lächeln langsam zu mir. „Kann es sein, dass Du etwas Schönes gesehen hast?" frage ich gleich.
„Ja, eine schöne Wolke in Herzform und davor einen großen Vogel, der über den Bäumen seine Kreise gezogen hat. Das war so schön, dass ich nur da gestanden und dorthin gesehen habe bis sich die Wolke langsam aufgelöst hat. Nichts anderes."

„Das ist ja schön. - Ich hab vor allem länger die großen Buchen angesehen. Die Buche ist meine Lieblingsbaumart, so schön groß und stark." fasse ich mich kurz, da ich darauf bedacht bin, keinen größeren Redeanteil als mein Coachee einzunehmen. Schließlich geht es um sie und nicht um mich.

Dann geht es weiter: „Nachdem wir ausführlich gesehen haben, konzentrieren wir uns jetzt auf das Hören. Weil vielleicht nachher beim Gehen unsere Schritte andere Geräusche überdecken könnten, fangen wir mit dem Hören hier im Stehen an. Wir schließen dafür gleich die Augen. Irgendwann werde ich dann laut losgehen, in dem ich mit den Schuhen etwas auf dem Schotter rutsche - so. Danach kannst Du, wenn es nach einer kleinen Weile für Dich passend ist, mit dann offenen Augen auch losgehen und auf dem Weg oder daneben weiter hören. Ich warte dann wieder irgendwo da vorne auf dem Weg. - Okay?" - „Ja." - „Dann schließen wir jetzt die Augen. Spitze Deine Ohren, lausche der Natur und höre einfach hin. Hör, was Du hörst!"

Nachdem ich im Stehen keine neuen Geräusche mehr höre, gehe ich los und bis zur nächsten Biegung, wo ich mich auf einen quer liegenden Stamm setze. - Wenn ich die Augen schließe, still halte und gerade auch kein Flugzeug quer fliegt, kann ich jetzt gut meine Atemluft hören, wie sie durch die Nase ein- und ausströmt. Außerdem Vögel aus mehreren Richtungen - das Summen von Bienen - eine Maus im ersten Laub - ein leises Rauschen durch einen Windhauch - zwei Bäume, die aneinander knarzen. Und noch mehr. Ich bin gespannt, was sie gehört hat. - Schritte, die näher kommen. Ich öffne die Augen und sehe, dass sie gleich da ist.

Als wir beide stehen: „Was hast Du gehört?"
„Fast ständig die großen Flugzeuge im Himmel - ein Motorengeräusch von einer entfernten Straße - ja, und ein sehr lauter Vogel von weit hinten."

„Was noch?"
„Sonst eigentlich nichts."

Nach einer kurzen Aufzählung von nur wenigen meiner vielen Eindrücke mache ich die nächste Anleitung: „Jetzt wollen wir uns auf das Riechen und Schmecken konzentrieren. Beide Sinne liegen nah beieinander, weshalb wir sie zusammen nehmen. Wenn Du etwas probieren willst, dann bitte nur Dinge in den Mund stecken, die Du kennst. Gerne kannst Du auch Pflanzen zerreiben, damit sich der Duft verstärkt oder auch etwas mitbringen, wie Du magst. - Also: Riechen und Schmecken!" - Sie dreht sich gleich um und schaut suchend neben den Weg. Ich gehe wieder vor.

Nach und nach erkenne ich bei ihr ein Wahrnehmungsmuster: Dass sie bislang mit ihren Sinnen vor allem wahrnimmt, was von außen kommt und weiter entfernt ist. Dass sie weder ihre eigenen Bewegungsgeräusche noch ihren eigenen Atem gehört und davor auch nur weit weg in den Himmel geschaut hat. Ich denke, dass sie eventuell verlernt hat, näher bei sich zu sein und ausreichend auf sich selbst zu achten und sie deshalb die Körpersignale und Grenzen für ihre persönliche Beanspruchung in Beruf und Familie nicht mehr rechtzeitig erkannt hat. Und dass das ein Hauptgrund für ihre gefühlte Überlastung sein könnte, mit der sie zu mir gekommen ist. Ich parke den Gedanken irgendwo weiter hinten in meinem Kopf. Vielleicht wird er sich später bestätigen und wir die Erkenntnis nutzen. Vielleicht aber auch nicht, wenn dann plötzlich doch wieder völlig neue Zusammenhänge erkannt werden, die tiefer gehen oder weiter zurück liegen und das eigentliche Problem vielleicht ein ganz anderes ist, als zunächst gedacht. - Könnte aber passen, mal sehen.

Ich habe gerade keine Lust, etwas zu schmecken und sammle ein paar kleine Blümchen, mit blau- und rosafarbenen Blüten, die aber enttäuschend schwach duften. - Auch die Luft riecht heute wenig - wahrscheinlich, weil es zu warm ist.

Caroline kommt auch schon und berichtet mit einem größeren Stück Baumharz zwischen den Fingern: „Ich war länger an einer Kiefer, aus der an einer Stelle besonders viel Harz heraus gequollen ist. Wie geronnenes Blut bei einer größeren Wunde. Es riecht sehr stark und angenehm süßlich." führt sie die Harz-Kugel unter ihre Nase und reicht sie mir.

„Erinnert mich an 'Sauna'. - Schön intensiv." bringe ich ein.

Sie ergänzt: „Ich hab sonst wenig gerochen und keine Lust gehabt, etwas in den Mund zu stecken."

„Ging mir genau so. - Wir haben wir schon mal unseren Riechsinn geschärft. Vielleicht haben wir ja nachher in der Pause etwas mehr Lust, zu schmecken."

Meine nächste Anleitung: „Caroline, am Schluss der Sinnes-Übung ist jetzt noch Spüren und Fühlen dran. Der letzte Teil ist sehr wichtig, denn es geht ja immer darum, dass wir eine Schwierigkeit, ein Problem oder ein großes Thema als Belastung empfinden. Ganz oft als körperlich spürbare Last, die wir auf unseren Schultern oder woanders mit uns herum tragen. Und da wäre es ja gut, wenn wir diese große Belastung für uns spürbar leichter und erträglicher machen könnten. Mit dem Ziel, dass wir es auflösen oder besser damit umgehen können. Auch in den Fällen, wo äußerlich scheinbar keine großen Veränderungen möglich sind.

Achte bitte darauf, dass Du neben dem äußerlichen Fühlen mit den Händen oder anderen Stellen auch mal in Dich gehst, um zu bemerken, was Du gerade in Dir spürst, quasi was gerade innerhalb Deiner Haut los ist. Gerne kannst Du auch wieder etwas mitbringen, wenn Du möchtest. Wir nehmen uns dafür etwas mehr Zeit, um uns vielleicht auch mal an einer schönen Stelle etwas hinzusetzen. So wie es gerade passend für Dich ist, ja? - Bis nachher an dem großen Holzstapel da ganz vorne am Wegrand."

Sie nickt nur kurz und schaut gleich in die Bäume, um heraus zu finden, wo es sie als erstes hinzieht.

Ich gehe wieder etwas vor. So, dass ich sie immer noch sehen kann für den Fall, dass sie irgendwo angenehm sitzend in einen versunkenen Zustand kommt und das Zeitgefühl verliert. - Ist mir auch schon passiert: gefühlte fünf bis zehn Minuten waren dann tatsächlich einmal eine halbe Stunde. Das wäre mir jetzt zu lang für unsere nur vorbereitende Sinnesübung. Stundenlang in der Ruhe der Natur zu sitzen, geht natürlich auch und kann viel bewirken, habe ich aber als Intervention nicht vor.

Nach etwa zehn Minuten zwischen den hohen bemoosten Buchen und am Hang, der früher einmal ein

Weinberg war, bringt sie ein großes leeres Schneckenhaus mit und fängt gleich an: „Ich hab jetzt nur das hier mitgebracht. - Das schöne Schneckenhaus hab ich zufällig bei der alten Steinmauer dort hinten gefunden." - Sie streicht mehrfach mit ihren Fingerkuppen vorsichtig über die sich windende braun-beige Oberfläche. - Kurz danach bekommt sie leicht feuchte Augen und sagt etwas verzögert: „Das bin ich. - Ganz typisch: Wenn es eng wird, haue ich ab." Und nachdem sie es umgedreht hat, ergänzt sie, mit Blick auf zwei Löcher, die sie vermutlich vorhin schon gesehen hat: „Ja, und meine zwei Verletzungen sind auch da." - Ich warte kurz und wiederhole dann nur: „Deine zwei Verletzungen." - „Ja, das bin ich." sagt sie mit engem Hals.

„Was spürst Du, wenn Du Dich so siehst?"

„Ich bin traurig, einfach nur traurig."

„Sollen wir den Tag heute auch dafür nutzen, dass Deine Traurigkeit kleiner wird und Du Dich besser fühlst?".

Sie nickt kurz, zieht hörbar Luft durch die Nase und antwortet beim nächsten Ausatmen mit einem gerührten aber klaren „Ja!".

„Gut! Dann nimm doch bitte Dein schönes Symbol mit und stecke es ein oder behalte es in Deiner Hand, so wie Du magst. Okay?" - Sie nickt, bereits wieder deutlich gefasst. Ich bin mir sicher, dass wir weiter machen können.

„Caroline, nachdem wir jetzt unsere Sinne so gut geschärft haben und achtsamer und aufmerksamer sind, darfst Du Dich auf den letzten paar Hundert Metern bis zur Hütte ganz frei fühlen, das wahrzunehmen, worauf Du Lust hast. Deine Aufmerksamkeit auf das zu richten, was Dich gerade anspricht und nutze dabei Deine Sinne einfach in der Art und Weise, wie es gerade angenehm für Dich ist. – Ich begleite Dich mit etwas Abstand und bin da, wenn Du mich brauchst." Dann schließe mit einem Hinweis auf den Weg: „Vorne an der nächsten Wege-Gabel gehst Du bitte links, dann gleich wieder links, und nach ungefähr drei Hundert Metern sind wir dann schon da." - Da ich in ihren Augen eine gewisse Unsicherheit bei „links" erkannt habe, korrigiere ich gleich: „Oder ich warte ganz einfach jeweils auf Dich und gehe vor. So dass Du mich immer sehen kannst, okay?" Sie nickt mit einem „Ja!". - „Bis gleich."

Ich gehe weiter in Richtung der Wege-Gabel und denke mir zum wiederholten Male: „Frauen haben tatsächlich doch öfters ein Problem mit links und rechts." - „Und Männer mit groß und klein." erinnere ich mich lächelnd an mein letztes Coaching mit einem sehr selbstbewussten Geschäftsführer: Er hatte so vor Kraft gestrotzt, dass er gleich nach dem Ankommen an der Hütte, beschloss, den Tag vorläufig mit freiem Oberkörper zu verbringen, weil er sich einfach danach fühlte. Dann suchte er als erstes das recht komfortable Toilettenhäuschen auf, welches nur etwa fünfzehn Meter oberhalb des Weges steht, mit der Tür nach unten. Als ich dann gleich weiter nach unten ging, für eine kleine Pause und um nicht zu stören, begegneten mir auf dem ansonsten völlig ruhigen Weg zwei junge Frauen, die walkender Weise herauf in Richtung Hütte gingen. Nach einem freundlichen Austausch von „Hallo!", wollte ich sicher gehen, dass es keine irgendwie geartete Störung geben könnte. Also bin ich auch zügig soweit zurück in Richtung Hütte gegangen bis ich das WC sehen konnte. Was ich dann beobachtet habe, war bislang mit Abstand der Höhepunkt an unfreiwilliger Komik hier im Wald: Denn nach einem Anflug von Größenwahn gepaart mit einem unbändigen Gefühl von Freiheit und Sicherheit, war mein reichlich Brust-behaarter „Chef" der Meinung, dass er für sein Geschäft doch keine Tür bräuchte und ließ sie einfach sperrangelweit offen. Erst als ihn dann die beiden Grazien wie auf einem Präsentierteller thronen sahen und kichernder Weise weiter gingen, erkannte er beim überraschten Anblick der beiden seinen Irrtum, gefolgt vom peinlichen Versuch, irgendwie und mit möglichst wenig Aufstehen die weit geöffnete Klotür zu greifen und zu schließen, obwohl es da schon viel zu spät war. - Nach diesem großen Zufall zog er sich ein T-Shirt an und wir beschäftigten uns den Rest des Tages vor allem mit seinem Selbstbild im Allgemeinen und seiner „Wirkung auf Frauen" im Besonderen.

Beim Gehen habe ich gerade Lust, auf den Baumstämmen zu balancieren. So wie ich es schon als Junge gerne gemacht habe. Danach achtsames Gehen, bei dem ich in die einzelnen Körperteile hinein spüre und bemerke, wie sich meine Muskeln und Gelenke in der Bewegung anfühlen. Von den Füßen nach oben bis zum Nacken und zurück.

Nach kurzem Warten auf dem Weg neben der Hütte, kommt sie auch dazu. Ich spreche mein übliches „Danke!" in ihre Richtung und frage, ob auf dem letzten Wegstück noch etwas Bemerkenswertes oder besonders Schönes war.

Was sie mit: „Die Vögel zwitschern heute besonders schön. Zusammen mit den rauschenden Bäumen klingt es für mich fast wie ein Konzert." beantwortet.

„Das finde ich auch schön. - Und mir gefällt heute das Licht auch besonders gut, nicht so grell, sondern angenehm hell." ergänze ich. Ich sehe sie dabei aufmerksam an, um zu erkennen, wie es ihr geht. „Alles im grünen Bereich" bin ich mir sicher und wiederhole noch einmal Sinn und Zweck der gerade erlebten Übung: Dass wir nun mit scharfen Sinnen gut vorbereitet sind, um alles wahr- und aufzunehmen und auch, um aus der Ruhe heraus kreativer zu sein für neue Ideen.

Wir versorgen uns aus der vorbereiteten Hütte mit Tee, Kaffee und Keksen bei einer kleinen Pause am rustikalen Tisch. Als sie dann mit der Sonne auf ihren geschlossenen Augen tief durch atmet, sagt sie: „Einfach schön!"

Eine Tasse später sind wir auf dem Weg zurück und ich fange an mit Fragen: "Was hast Du mir mitgebracht?" leite ich ihre Problembeschreibung ein, um sie nachher an deren Ende darauf kommen zu lassen, was denn wirklich ihr Problem ist.

Erfahrungsgemäß wird es zwischen einer halben und ganzen Stunde dauern, bis es meinem Coachee gelingt, in nur einem Satz zu formulieren, was alles das auf den Punkt bringt, was für ihn im Moment besonders problematisch und belastend ist. Und wahrscheinlich wird sich auch heute das, was sie im Vorgespräch als Problem formuliert hat, verändert haben. Eher selten passt die ursprüngliche Formulierung auch noch später. Und wenn doch, dann haben wir bei der Beschreibung jede Menge Informationen gesammelt, die alle wichtig sind, um danach Ideen für eine Lösung oder Verbesserung zu bekommen. Wichtig, weil er oder sie dann besser weiß, was nicht mehr gewollt wird und wo es hin gehen soll.

Auf meine Frage hin, wie sie es überhaupt nennen will: 'Problem', 'Schwierigkeit', 'Thema' oder 'Anliegen'? sagt sie: „Ich habe ein großes Problem. Nicht mehr und nicht weniger."

Als sie zu erzählen beginnt, von der Arbeit als Top-Filialleiterin mit Vorbildfunktion für alle im Bekleidungs-Konzern und von der Alleinerziehung ihrer Teenager-Tochter Marie, denke ich für eine Sekunde: „Nach-der-Arbeit-ist-vor-der-Arbeit-Syndrom" mit einem kurzen Impuls, Ihr einen Ratschlag geben zu wollen, doch dafür bin ich ja nicht Coach geworden. Dann wäre ich ja nur ein ganz kluger Berater mit dem Anspruch, ihr Problem zu analysieren und Schlussfolgerungen zu ziehen, um ihr danach einen oder mehrere Ratschläge zu geben, wie sie es besser machen soll. - Also müsste ich eine Lösung für ihr Problem finden. Das soll und kann sie aber viel besser selbst machen. Ich helfe ihr nur mit allem was ich weiß und kann dabei, es selbst hin zu bekommen. Außerdem sind Ratschläge auch Schläge, von außen, von jemandem anderen und eben keine Lösung, die selbst entwickelt wurde. Auch durch die besten Fragen könnte ich nie alle Informationen bekommen, die mit ihrem Problem zusammen hängen, weil ich es eben nicht selbst erlebt, gedacht und gefühlt habe. Das ist alles bei ihr abgespeichert, und nur bei ihr. In ihrem Gedächtnis und in ihrem Körper: Alle Details von prägenden Erlebnissen, alle Wahrnehmungen, inneren Bilder, stummen Gedanken, positiven und negativen Gefühle und Emotionen, alles, was andere gesagt und getan haben und alles, was sie getan oder was sie versäumt hat, zu tun und wie es dabei leicht oder schwierig war. Der ganze Tag würde nicht ausreichen, um alles zu hören, was sie als Wissen in Gehirn und Körper abgespeichert hat. Und das, was sie aus ihrem Leben bewusst gerade nicht oder nicht mehr erinnern kann, würde auch unter den Tisch fallen, was schade wäre, da es unbewusst sicherlich von Bedeutung ist. - Entsprechend wäre ein Lösungsvorschlag von mir immer nur maximal halb gut und bestenfalls einigermaßen passend. Richtig gute Ideen und Lösungen für ihre Probleme, die von ihr tatsächlich auch im Alltag umsetzbar sind, kann nur sie selbst entwickeln. – Und mein Job ist es einfach, ihr zu ermöglichen und dabei zu helfen, dass sie das gut kann. - Also packe ich den alten Berater-Impuls ganz schnell wieder weg und höre weiter aufmerksam hin, was sie gerade jetzt, in diesem Moment mit mir im Wald beschäftigt.

Sie erzählt auch von einem neuen Nachbarn, der sie umwirbt. Davon, dass sie zur Zeit einfach nicht weiß, was sie tun soll und was sie eigentlich kann und will: „Manchmal denke ich, ich weiß gar nichts mehr." sagt sie etwas resigniert.

Solche Sätze, die mit Wissen oder Denken zu tun haben, sind immer ein Zeichen dafür, dass der Mensch gerade noch zuviel im Verstand ist. Sie soll jetzt aber aus dem Gedanken-Karussell raus. Also sorge ich dafür, dass sie das weniger macht und dafür mehr ihre Intuition nutzt, mehr kommen lässt, mehr dazu spürt und fühlt und ausspricht: „Damit Du wieder eine Ahnung davon bekommst, was Du tun willst, wird es Dir helfen, wenn Du weniger denkst und dafür einfach mehr wahrnimmst. Das, was gerade da ist, was Du hier siehst oder hörst oder was als inneres Bild oder Wort oder Gefühl auftaucht. Und immer, wenn etwas kommt, von dem Du auch nur ein ganz vages Gefühl hast, dass es vielleicht von Bedeutung sein könnte, oder auch gar keine Ahnung, dann sagst Du mir das bitte – ja?"

„Okay, ich versuch's."

„Du wirst sehen, dass dann auch viel leichter etwas Neues kommen kann, das uns weiter bringt." - Wir gehen weiter auf dem Weg. Sie bewegt sich zögerlich, als ob sie etwas bremst oder zurück hält. Als ich sie dann frage, was sie gerade wahrnimmt, bleibt sie stehen und berichtet wie eine Protokollantin von der Übernahme der neuen Vorbildfunktion im Unternehmen und der vielen Verantwortung, von ihrer pubertierenden Tochter und so weiter. Ich denke: „Das ist sicher nicht unwichtig. Aber sie denkt immer noch zuviel und wird sich wieder im Gedankenkreisel drehen, wenn ich ihr nicht helfe." Da es sehr wahrscheinlich noch andere Erlebnisse gibt, die eine wichtige Rolle spielen, unterbreche ich sie gewohnt freundlich und bestimmt: „Das hab ich soweit verstanden. Wir werden nachher sicher darauf zurück kommen. - Jetzt nimm bitte Dein Schneckenhaus heraus und nimm es in eine Hand und dann gehen wir wieder mehr! Die Bewegung ist wichtig und wird uns gut tun. Und gehe doch bitte einfach mal nur so dahin, ohne zu sprechen."

Wir gehen wieder los und ich bitte sie nach ein paar Schritten, ihren Blick immer schön gerade aus nach vorne zu richten: „Schau' bitte

nach vorne in Richtung eines Punktes, einer Stelle, die Du gut anschauen kannst – ein Punkt an einem Baum oder was anderes. Geh' einfach und sieh' den Punkt an. Und wenn Du irgendwann zu nah dran bist an dem Punkt, suchst Du Dir einfach einen neuen weiter vorne." „Verstanden?" Sie nickt mit einem „Mmhhh!"
„Du brauchst nichts anderes tun, als zu gehen und zu schauen,
                               schauen und gehen.
                Nur so dahin gehen.
Einfach nach vorne gehen und schauen."

Ich gehe jetzt noch ein kleines bisschen weiter nach hinten versetzt neben ihr. So, dass ich Sie noch gut beobachten kann, aber ohne in ihrem Blickfeld zu sein.

Nach etwa zweihundert Metern sage ich: „Geh' bitte weiter und spür' in Dich hinein. - Wo ungefähr im Körper fühlst Du Deine Überforderung? - Wo ist es unangenehm oder schwer oder belastend?".

Sie wird langsamer und nach ein paar weiteren Schritten fasst sie sich mit der rechten Hand an die linke Schulter und greift dann leicht knetend in ihren Nacken. „Hier. Da so. Es ist schwer und hart und fest. Ganz unangenehm. Wie eine Last von hinten oben."

Ich wiederhole, was sie gesagt hat: „Schwer, hart und fest, ganz unangenehm, wie eine Last von hinten oben." -
„Ja!"

„Geh' weiter so – geh' und schau' und spür' die Last immer genauer. - Mit jedem Schritt noch ein bisschen genauer und stärker. - Es geht immer noch ein bisschen mehr, noch ein bisschen genauer. - Da gehst Du nochmal hin." verstärke ich wiederholend.

In ihrem leicht verkniffenen und etwas leidenden Gesicht erkenne ich, dass sie gerade sehr gut in ihr Gefühl gehen kann und die rationalen Gedanken von vorhin weit weg sind. Also kann ich ihr jetzt eine Frage stellen, die uns wahrscheinlich weiter hilft: „Wie alt ist Deine Last? Wie alt ist sie?" - „Spür' genau hin und nimm Dir die Zeit, die es braucht." - „Und geh so, wie es Dir gerade geht."

Zwei Momente später: „Als Kind hab' ich das auch schon gespürt."

„Wann oder wo genau?" frage ich nach.

„Ich weiß nicht genau. - Vielleicht irgendwie auf dem Schulweg: Als ich von der Schule nach Hause gekommen bin. - Da war ja auch immer der Spruch an der Hauswand, den unser Vater hat hinschreiben lassen. Den weiß ich noch genau:
„Schaffen und streben
sind Gottes Gebot.
Arbeit ist Leben,
Nichtstun der Tod!"

Oh Gott - ein fruchtbarer Spruch, gell! Aber das stand tatsächlich auf unserem Haus. So war mein Vater. Immer arbeiten und ja keine Pause machen. Und das hat er auch von uns verlangt. - „Lieber tot als faul" - das hat er manchmal zu uns Mädchen gesagt. Ja. Oder, wenn wir sehr müde waren: „Wenn man tot ist, kann man noch genug schlafen." - Und ein paar Jahre später hat er dann beim Holz Machen seine rechte Hand in die Säge bekommen. Er war Rechtshänder und konnte nichts mehr mit ihr machen, hatte nur noch so einen Stumpf, weil auch die verbliebenen Fingerstummel nach und nach abgenommen werden mussten."

Dann bleibt sie plötzlich stehen, dreht sich mit feuchten Augen halb in meine Richtung und sagt: „Ja, und weil er das nicht ertragen hat, hat er sich dann aufgehängt. - Als meine Mutter zum Mittagessen gerufen hat und er nicht kam, haben wir beide ihn überall auf dem Hof gesucht. Die Mama hinterm Haus und ich in der Scheune." sagt sie mit Tränen, zunehmend zittriger Stimme und ringender Atmung. „Und dort hing er dann, mit dem Kälberstrick um den Hals am Balken. - Ich, ich bin ganz schnell hingelaufen, und hab versucht, ihn an den Beinen nach oben zu drücken. Ich hab geschrien: „Maamaa! und nochmal: Maamaaa!"

Und ich hab gedrückt, so fest gedrückt wie ich nur konnte. Geschrien und gedrückt mit meinen kleinen Schultern: „Maaamaaa!". Ich hab alles versucht. - Er war sicher schon längst tot. - Das wusste ich aber mit meinen sieben Jahren natürlich nicht. Also hab ich gedrückt, bis ich nicht mehr konnte. Solange, bis die Mama kam und mich auf die Seite und mit nach draußen genommen hat, auf die Bank im Hof. - „Wir können ihm nicht mehr helfen." hat sie gesagt. Dann haben wir zusammen geweint und die Mama hat mich getröstet so gut es ging. - Sie hat dann Hilfe geholt und ist wieder in die Scheune gegangen. Wir haben danach nie mehr darüber gesprochen. - Das alles spüre ich jetzt noch und es tut immer noch sehr weh." - sagt sie, steht da und weint wie ein kleines Mädchen.

Ein Mensch ist tot.
Die Glut der schweren Fragen
bedrängt das junge Herz.

„Willst Du Dich setzen?" biete ich an. Sie wischt sich mit beiden Handballen die Augen frei. Nach einem kurzen Blick zur Seite an den Wegrand setzt sie sich auf den vordersten Buchenstamm des Stapels und fasst sich mit beiden Händen vor das Gesicht. Als ich dann an einem kurzen, leicht verschämten Blick in meine Richtung sehe, dass sie nicht genau weiß, ob so viel Weinen in Ordnung ist, sage ich: „Das darf jetzt sein. Lass' es ruhig raus - so wie es gerade sein soll." und reiche ihr ein Taschentuch.

Ich bin einfach nur da, indem ich links neben ihr sitze, schweige und auf ein späteres Zeichen von ihr warte, dass sie weiter machen kann und möchte. Dafür richte ich meinen Blick leicht schräg noch vorne unten, nur etwa halb in ihre Richtung, so dass sie sich nicht bedrängt fühlt. Wenn sie mehr Trost braucht, wird sie fragen. Vom Anlehnen des Kopfes an meine Schulter bis zum Halt suchenden Umarmen hatte ich schon einiges, meistens braucht es das aber nicht.

In der Zwischenzeit erinnere ich mich an meine Anfänge und daran, dass ich früher vor solchen Momenten Angst hatte. Angst davor, nicht zu wissen, ob das sein darf und vor allem, was ich dann machen soll, wenn es passiert. Mittlerweile weiß ich, dass es sehr hilfreich sein kann, wenn die Gefühle und Emotionen auch mal stärker sind. Dass es völlig normal ist, wenn sich Traurigkeit in warmen Tränen ausdrückt. Und dass ich währenddessen gar nicht viel machen brauche, außer darauf zu achten, wie es dem Anderen geht und ausreichend Raum und Zeit zu geben. Üblicherweise dauert es nur ein paar Minuten, bevor wir weiter machen können. Es ist wichtig, dass sie merken und dann auch von mir hören, dass Tränen sein dürfen. Sie sind für ein erfolgreiches Coaching aber sicher nicht notwendig. Dafür sind die Probleme viel zu unterschiedlich.

Ich denke weiter im Prozess. Sie weiß jetzt viel besser wo es her kommt. Und sie hat es wahrscheinlich zum ersten Mal seit vielen Jahren heraus lassen können und dürfen. Das wird sicher schon mal helfen. Und auch, wenn sie künftig nicht mehr als Siebenjährige sondern als erwachsene Frau darauf schauen kann – mit zeitlichem Abstand, mit mehr Wissen, Lebenserfahrung und Ideen. Von unserem Kennenlerngespräch weiß sie schon, dass es für mich nicht entscheidend ist, zu wissen, wo die Ursachen liegen. Dass sie zusätzlich zu den Veränderungen während des Coachings auch erkennen soll, was sie ab sofort und danach ganz konkret anders machen kann, will und wird. Schließlich kommt es darauf an, dass sie selbst etwas tun kann. In der Therapie nennt man das Selbstwirksamkeit und ist in etwa das Gegenteil von Handauflegen durch einen Guru. Da sie keinen Ur-Schlamm mehr will, hat ihr dieses konkrete in die Zukunft gerichtete Arbeiten besonders gut gefallen, zu dem wir jetzt immer mehr kommen werden.

Sie schaut mich an und sagt: „Jetzt geht es wieder." und hebt dabei kurz ihre Mundwinkel.

„Wollen wir erst mal hier im Sitzen weiter machen?" frage ich vorsichtig.

„Ja, das ist gut."

„Caroline, dann lass uns schauen, was wir bis jetzt haben: Wenn ich es richtig verstanden habe, dann hängt Dein Problem mit mehreren Belastungen zusammen: einer alten aus Deiner Kindheit und einer jüngeren, die mit Deinen Aufgaben in der Arbeit und mit denen als Mutter zusammen hängen."

„Ja."

„Dann fasse Dir bitte jetzt nochmal kurz an Deine Schulter so wie vorhin und schließe Deine Augen. - Ja, genau. - Und nimm Dir Zeit für die Antwort auf meine folgende Frage: Fehlt da noch was, das dazu gehört? - Etwas, das mal war oder ist? - Vielleicht auch nur was Kleines oder ein Teil vom Anderen. - Kann sein - muss nicht - darf aber. - Egal, was kommt, sprich es bitte einfach raus!"

„Meine Mutter - meine Mutter hätte mit mir später nochmal darüber sprechen sollen. - Ja, das wäre besser gewesen"

„Was noch?"

„Ich hab dann ganz viel auf dem Hof mit helfen müssen, weil der Papa ja nicht mehr da war. Vor allem mit den Kühen: jeden Tag Ausmisten und Melken. - Und als meine jüngere Schwester, die Clara, dann zwei Jahre nach mir in die Schule gekommen ist, hab ich ihr immer alles erklären und mit ihr die Hausaufgaben machen müssen. Erst ein paar Jahre später hab ich gemerkt, dass die Mama gar nicht richtig lesen und schreiben konnte. - Deshalb."

„Fällt Dir noch was ein?"

„Ich hab niemanden, der mir hilft. Seit fast fünfzehn Jahren bin ich allein mit der Marie. - Die Marie ist eine ganz liebe, aber sie hatte halt nie einen Vater, der für sie da war. - Fast so wie bei mir.

„Was noch?"

„Der neue Nachbar nervt ein bisschen. Ist aber nicht wirklich schlimm, wenn er mich ungefähr einmal am Wochenende etwas anmacht."

„Noch was?"
Nach zwei bis drei Atemzügen:
„Nein, ich glaube, da ist nicht mehr."

„Dann kannst Du jetzt Deine Augen wieder aufmachen. - Und wir stehen bitte auf. Bevor wir losgehen, machen wir uns erst mal etwas locker: Komm, wir strecken uns! Arme hoch und Beine lang! Auf der Stelle hüpfen! Und dabei etwas drehen! Hampelmann, oder irgendwie anders, so wie Du gerade Lust hast! - Jawoll! - Und gut soweit. Soll reichen!"

„Caroline, Wir gehen jetzt in die andere Richtung, mit dem Ziel, dass Du möglichst genau auf den Punkt bringen kannst, was jetzt gerade Dein Problem ist. Dafür sammeln wir zuerst alle wichtigen Aspekte oder Elemente, die Du gefunden hast oder Dir spontan noch einfallen - was eben wichtig ist dabei - und zunächst nur als Stichwörter. - Verstanden?" - „Ja!" - „Und immer, wenn Du was hast, bleiben wir kurz stehen und Du schreibst es in Dein Notizbuch. - Also nimm es bitte raus, damit Du immer gleich alles notieren kannst. - Ich werde mir ab uns zu auch etwas aufschreiben - okay?"

„Also los!" Nacheinander kommen: Vater, Mutter, zu viel Arbeit, immer für Andere, alleine, überfordert, keine Freunde, traurig, Angst vor Fehlern, kein Partner, keine Zärtlichkeiten.

Dann braucht es nur noch wenig Hilfe durch Nachfragen, bis sie schließlich ihr Problem in einem Satz formulieren kann: „Mein Problem ist, dass ich sehr traurig darüber bin, keine Ansprache und Zuneigung durch einen Partner oder Freunde zu haben und Angst davor habe, als ewige Einzelkämpferin schwere Fehler zu machen - in der Arbeit und privat, vor allem bei Marie."

Es zeigt sich also gerade wieder, dass eine übliche Annahme in Burnout-Fällen, es würde vor allem um die Arbeit gehen, und darum, dass eventuell eine neue zu suchen wäre, die mehr Spaß macht, passender oder leichter ist, in die völlig falsche Richtung gegangen wäre. - Bei jedem ist es halt anders.

Als Caroline ihren Problemsatz noch einmal vor liest, schreibe ich ihn auch auf, lese ihn vor und frage. „Ist das so passend und stimmig für Dich?"

„Ja, das ist mein eigentliches Problem. Ich bin etwas überrascht, aber es stimmt. - Danke." antwortet sie.

„Du bist selbst darauf gekommen und wir haben erst angefangen. - Wenn Du Dir den Satz so anschaust in Deinem Buch, was wäre dann Dein übergeordnetes Ziel, das Du erreichen möchtest?"

„Das ist einfach: mehr Ansprache, Zuneigung und Unterstützung." antwortet sie schnell.

„Mehr Ansprache, Zuneigung und Unterstützung." wiederhole ich und notieren wir beide.

„Caroline, Du hast gerade erkannt, was alles eine Rolle spielt und wir wissen jetzt, was Dein eigentliches Problem ist. Das war im ersten Schritt wichtig. Ich denke, es reicht jetzt aber dazu. Dein Wunsch war es ja auch, nicht länger im Problem, oder Ur-Schlamm wie Du gesagt hast, herum zu wühlen. Alle wichtige Informationen aus Deiner Problembeschreibung hast Du jetzt - notiert oder gemerkt, bewusst und unbewusst. - Ab jetzt wollen wir nur noch nach vorne schauen und dafür sorgen, dass Du Dein Problem lösen oder besser damit umgehen kannst. Deshalb möchte ich gerne von Dir wissen, was denn für Dich ein gutes Ergebnis für heute wäre. Was möchtest Du heute Abend mit nach Hause nehmen?"

„Ein gutes Ergebnis wäre..., einfach Möglichkeiten zu finden, wie ich mehr Ansprache, Zuneigung und Unterstützung bekommen kann. Also, was ich dafür tun kann, anders machen soll."

„Da hast Du etwas ganz wichtiges gesagt: Es geht ja immer darum, was Du tun kannst. Neue Dinge zum ersten Mal tun oder andere mehr oder weniger tun oder ganz weg lassen." freue ich mich, warte aber einen Moment, weil sie noch suchend nach unten schaut.

„Zuneigung ist mir nicht genau genug. Eigentlich geht es mir ganz konkret dabei um mehr Berührungen: in den Arm nehmen, streicheln und so weiter. - Also: „Möglichkeiten für mehr Ansprache, Unterstützung und Berührungen." - Ja, so passt es genauer!" sagt sie und ändert es in ihrem Notizbuch.

„Caroline, Dein Problem ist ja auch emotional: Du bist traurig und hast Angst, wie Du gesagt hast. - Wenn Du Dir jetzt mal vorstellst, wie es ist, wenn Du diese Ansprache, diese Unterstützung und Berührungen tatsächlich hast: Wie fühlst Du Dich dann, welche Emotionen hast Du dann?" - Sie schließt von sich aus die Augen und zählt dann nach ein paar Sekunden auf: „Ruhe, Freude, Liebe, Leichtigkeit - ja."

„Ruhe, Freude, Liebe, Leichtigkeit. - Schön! - Noch was?" wiederhole ich und frage nach, damit sie nichts Positives außer Acht lässt.
„Nein, genau so, das wäre toll!" ist sie sich sicher.

„Dann nimm doch bitte mal eines oder mehrere davon noch in Deinen Satz für ein gutes Tages-Ergebnis mit dazu und ergänze ihn mit „um zu..." oder „für...."."
Nach kurzem Überlegen sagt sie klar und deutlich: „Es geht um Liebe und Leichtigkeit, dann kommt auch mehr Ruhe und Freude. - „Also: Ein gutes Ergebnis wäre, Möglichkeiten zu finden, wie ich mehr Ansprache, Unterstützung und Berührungen bekommen kann, für mehr Liebe und Leichtigkeit."

„Sehr schön!" lobe ich Sie. „Und wenn Du jetzt daran denkst, wie es gerade ist, also wieviele Möglichkeiten Du jetzt schon genau kennst oder weißt, auf einer Skala von null bis zehn, wenn null 'gar keine Möglichkeiten' bedeutet und zehn 'alle passenden Möglichkeiten' - wo stehst Du da, wieviel hast Du schon?" will ich noch wissen, damit wir später auch in Zahlen einen Fortschritt erkennen können.
„Gefühlt so etwa bei drei. - Ja, mehr nicht. Drei."

Ich wiederhole wieder und wir schreiben auf. „Caroline, das ist ab jetzt unser roter Faden und unser Ziel für alles Weitere heute: Damit Du weitere und neue Möglichkeiten für mehr Ansprache, Unterstützung und

Berührungen findest." schließe ich diese Phase ab bevor wir zur passenden Intervention übergehen.

"Wollen wir eine kleine Pause machen und einen Schluck trinken?"

„Ja, gerne, das ist gut."

Wir holen uns Kaffee und Tee aus den Thermoskannen in der Hütte und setzen uns auf die Bank daneben.

Nach dem ersten Schluck sagt sie: „Es fühlt sich jetzt schon leichter an. Ich war erstaunt, dass es doch so stark mit meiner Kindheit zusammen hängt. Aber noch mehr freut es mich, dass ich jetzt eine konkrete Ahnung habe, was ich mehr brauche und was mir gut tun wird."

„Das freut mich auch - das hast Du echt gut gemacht." lobe ich sie wieder.

Ein paar große Schlucke später frage ich rhetorisch: „Wollen wir weiter machen?" was sie mit einem Nicken und dem Aufnehmen und Wegbringen ihrer Tasse bejaht. Ich habe mich dafür entschieden, sie jetzt als passende Intervention den 'Ressourcen-Weg' gehen zu lassen, weil man dabei gut finden und sammeln kann, also auch Möglichkeiten.

Wir gehen wieder nach unten und kurz hinter der Hütte einen kurzen steilen Weg nach oben, der sich nach nur etwa dreißig Metern nach links biegt und dadurch ohne Steigung parallel zum Hang verläuft. Neben der großen, mindestens zwei Hundert Jahre alten Eiche geht es los:

„Nach meiner Erklärung wirst Du hier jetzt gleich den sogenannten Ressourcen-Weg gehen, um Dein gutes Ergebnis für heute so weit wie möglich zu erreichen. - Weißt Du es auswendig?"

„Ja: Möglichkeiten finden für mehr Ansprache, Unterstützung und Berührungen, dadurch mehr Liebe und Leichtigkeit."

„Prima, dann kannst Dich jetzt gleich voll und ganz auf Deine Intuition verlassen. Bitte mit ganz wenig denken und dafür ganz viel Bauchgefühl. - Du gehst jetzt den Weg und findest dabei auf dem Weg oder in der Nähe Gegenstände, die vielleicht Symbole sein können für neue Möglichkeiten, Hilfen oder Ressourcen; für Dinge, die Dir vielleicht irgendwie helfen können - von Dir selbst oder von anderen. - Über das wie und was genau, sprechen wir immer erst dann, wenn Du etwas aufgehoben hast und ich Dich frage. - Ganz wichtig: Suche nicht, Du findest einfach. Geh los und nimm einfach nur mit Deinen Sinnen wahr, ganz unbewusst, einfach so und mit ganz viel Großzügigkeit zu Deiner Intuition. Immer dann, wenn Du auch nur den Hauch von einer Ahnung hast, dass es ein Symbol für eine hilfreiche Ressource sein könnte, gehst Du näher hin und hebst es auf, wenn es Dir aus der Nähe immer noch gefällt. - Wenn es mal zu groß sein sollte, gehen wir zusammen hin. Ich bin immer mit Abstand hinter Dir. - Okay?"

„Ja, alles klar."

„Also: Es ist Dein Weg und Du gehst ihn solange, bis Du zufrieden bist und genug gefunden hast." Und als ich sehe, dass sie endlich los will: „Dann geh jetzt los und finde, was Du findest."

Sie zieht es gleich zu dem schattigen Bereich unter den Bäumen am Hang, in Richtung der Heidelbeeren und dreht sich in meine Richtung: „Kommst Du bitte, ich glaub ich hab schon was." Und als ich bei ihr bin: „Der schöne Wuchs hat mich irgendwie angezogen, wie ein grober grüner Teppich oder so. - Und hier sind sogar noch ein paar Beeren dran." zeigt sie.

„Was siehst Du noch an den Heidelbeeren?"
„Es sind ganz viele grüne Blätter, die Äste darunter braun."

„Wie fühlen sie sich an?"
„Beim leichten Darüberstreichen ganz angenehm. Wenn ich fester hinein gehe, dann tut es etwas weh."

„Wie riechen oder schmecken sie? Willst Du eine essen?"
Caroline pflückt eine Beere und nimmt sie in den Mund: „Schön Süß und saftig."

„Du hast gesagt: wie ein grober Teppich, viele grüne Blätter, süß und saftig. - Was kommt Dir da noch, hier bei den Heidelbeeren. Oder vielleicht hast Du sogar eine Idee für eine Möglichkeit. - Du kannst sie gerne noch ein bisschen erforschen, oder..."

Sie unterbricht mich: „Es gibt da bei uns ein Stadtgarten-Projekt. Eine Kollegin hat mir davon erzählt. - Das wäre vielleicht eine schöne Möglichkeit für mehr Ansprache und Austausch. Vielleicht hätte Marie sogar Lust, mitzukommen. Die ist gerade auf einem Veggie-Tripp. Und wenn nicht, ist es halt nur für mich. Und die Gartenarbeiten mit den Händen würden mir sicher auch gut tun. - Ja, das fühlt sich gut an!"

„Schöne Idee! - Wie willst Du Deine gefundene Ressource, Deine Möglichkeit genau nennen?

„'Gartengruppe', dann ist auch klar, dass da nette Leute sind."

„Nimm jetzt bitte ein Stück von den Heidelbeeren mit auf Deinen weiteren Weg, als Symbol für 'Gartengruppe'."

Sie bricht einen kleinen Zweig ab, an dem noch ein paar Beeren hängen und sagt mit einem Lächeln in meine Richtung: „Als Proviant."

„Caroline, trage bitte Deine Ressource in der Hand mit und geh weiter auf Deinem Weg. - Wieder ganz intuitiv, lass Dich treiben und finde, was Du findest." - Sie geht zurück auf den Weg und schlendert weiter, ich bleibe etwa fünf Meter zurück. - Dann steuert sie auf einen großen alten Baumstumpf zu. Ich kann schon sehen, dass er mit sehr viel Moos und Pilzen bewachsen ist.

Dort geht sie in die Knie und freut sich: „Das ist ja schön! - Vollkommen eingepackt mit Moos. Und darauf so viele schöne kleine Pilze, in mehreren engen Gruppen, wie Familien."

„Schau sie Dir noch genauer an. Vielleicht magst Du auch wieder berühren oder dran riechen. Sei neugierig mit allen Sinnen."

„Sie riechen ganz kräftig nach Pilz. Und es gibt immer größere und kleinere Pilze daneben. - Ich muss an meine jüngere Schwester denken, an Clara. - Familie. - Ich hab sie schon lange nicht mehr gesehen. Eigentlich sind ja nur noch wir beide übrig von der Familie. - Und dass wir Kinder und Jobs haben, sollte uns doch eigentlich nicht davon abhalten, dass wir uns mindestens einmal im Jahr sehen und öfters telefonieren. Auch wenn sie oben an der Ostsee wohnt.

Meine Schwester ist natürlich auch eine Möglichkeit - für alles: Ansprache, Unterstützung und Berührungen. - Also ganz klar: Die Pilze stehen für meine Familie, für meine Schwester Clara."

„Das ist ja schön! - Nimm bitte auch ein Stück, einen Teil von Deiner 'Clara' symbolisch mit." Sie bricht einen kleinen Pilz ab und trägt ihn zusammen mit dem Heidelbeer-Zweig in der linken Hand: 'Gartengruppe' und 'Clara'. - Als sie auf dem Weg weiter geht, sage ich noch zum verstärken hinterher: „Schau, welche Ressourcen, Hilfestellungen oder Möglichkeiten Du noch finden kannst."

Es ist immer wieder spannend mit zu erleben, wie der Weg gegangen wird, wie unterschiedlich leicht es fällt, Symbole zu finden, etwas darin zu entdecken und Ideen zu bekommen: Von dem Finden eines entscheidenden und ausreichenden Symbols nach einem Meter bis zum ausführlichen Gehen des Weges für neun Symbole auf über einhundert Metern war schon alles dabei.

Sie bleibt vor einem ziemlich unförmigen Baumstumpf stehen. Als ich dazu komme, beginnt sie gleich mit dem Beschreiben: „Der Stumpf ist braun, teilweise sehr dunkel. Komisch krumm und schräg, mit einem abgebrochenen kurzen Ast schräg nach oben und grünen Trieben am anderen Ende." - Sie geht um den alten Buchen-Stumpf herum und betrachtet ihn von der Seite. Als sie dann die Blätter der Triebe durch ihre Hände streifen lässt, sagt sie überrascht: „Die Triebe fühlen sich fast an wie Federn." und geht wieder ein paar Schritte zurück. - „Das sieht ja aus wie ein Hahn. Vorne der krumme abgebrochene Ast ist der Hals und hinten nach oben die Federn. - Ein Hahn, das ist ja witzig." ist sie überrascht von ihrer Assoziation.

„Wenn Du den Hahn siehst, was denkst Du da?"
„Ein Hahn ist männlich. Der Chef. Laut. Ein leiser Hahn wäre komisch. Ist selbstbewusst. - Ja, die Männer. - Selbstbewusste sind mir lieber als ganz weiche. - So ein Hahn muss ja auch mal krähen, damit ihn die Hennen bemerken. - So wie mein Nachbar?" entfährt es ihr erstaunt. „Dass mir der jetzt einfällt, ist schon komisch. Na ja, vielleicht ist der ja doch ganz nett. Ich müsste mich halt erst einmal auf ein paar Sätze mit ihm einlassen. - Ein Hahn ist ja auch nur ein Mensch."

Wir schauen uns an und lachen bei meiner Wiederholung: „Ein Hahn ist auch nur ein Mensch, so, so."
„Also, ich weiß noch nicht, ob ich das will - vielleicht!"

„Was fällt Dir noch ein - zu Deinem Hahn?"
„Er kräht früh am Morgen. Wie ein Wecker." - „Morgens bin ich immer sehr hektisch. Es wäre anders, ruhiger, wenn ich etwas früher aufstehen würde - so eine halbe Stunde vielleicht."

„Wie könntest Du diese Zeit dann nutzen. Für mehr Ansprache oder Unterstützung oder Berührungen?"
„Irgendwie für mehr Berührungen. Ja genau: Ich bin schon oft an diesem super toll duftenden Pflegeprodukten aus Süd-Frankreich vorbei gegangen: „L'Occitane de Provence" oder so ähnlich. Die sind sehr teuer, aber die leiste ich mir jetzt mal und creme mich morgens damit in aller Ruhe ein. Das mache ich sonst nicht - also wären es auch mehr Berührungen." - „Ja, und noch wichtiger: Ich will ab morgen jeden Tag meine Tochter mindestens einmal schön in den Arm nehmen und auf die Wange küssen. Am Morgen beim Verabschieden auf den Schulweg wäre ein guter Moment dafür."

„Wird sie das mögen? - Jugendliche sind ja manchmal auch etwas schwierig, was das angeht." frage ich nach, ob das realistisch ist.

„Ich bin ihr zwar im Moment öfters mal peinlich und mit Nähe hat sie es gerade nicht so. Aber wenn ich ihr erkläre, dass es mir ganz wichtig ist und entsprechend herzlich mache, wird sie es, glaube ich, machen lassen und dann auch immer mehr mögen."

„Prima! - Welchen Namen willst Du jetzt Deinem Hahn-Symbol geben, wenn Du an die gefundenen Möglichkeiten denkst?"

„Es sind ja zwei: 'Männer und - Morgens'. Dann weiß ich, was gemeint ist."

„Caroline, dann nimm doch bitte wieder ein Stück von Deinem Symbol mit. Mit Hilfe Deiner Symbole werden wir dann nachher auch alles sehr gut erinnern, was Du erkannt hast." bitte ich sie. Woraufhin sie einen kleinen 'Feder-Ast' abbricht und in ihre linke Hand dazu nimmt. Mit einem gemeinsamen Blick auf den Heidelbeer-Zweig, den Pilz und das Buchen-Ästchen wiederhole ich kurz: „'Gartengruppe', 'Clara', 'Männer und Morgens'."

„Ja, genau." bestätigt sie, schon ziemlich zufrieden.

„Schau mal, was Du noch findest!" schicke ich sie weiter. - Und sie geht los und blickt mit erhobenem Kopf gleich deutlich weiter als vorhin. Da ging ihr Blick viel weiter nach unten, um sich in der Nähe umzusehen.

Sie geht nun schon mehrere Minuten, ohne etwas zu finden. - „Was denkst Du oder fühlst Du gerade?" frage ich sie, um eine bessere Orientierung zu haben, wie es ihr gerade geht und was in ihr los ist.

„Ich weiß nicht genau. Irgendwie hab ich das Gefühl, dass noch was kommt. - Keine Ahnung."

„Dann geh doch einfach weiter und schau, was passiert."

Etwa zehn Meter weiter bleibt sie auf dem Weg stehen. Direkt am Wegrand sind zwei kleine, nur etwa fünf Meter hohe Bäume aneinander gewachsen. Eine Buche mit glatter Rinde und eine Eiche mit ganz grober. Von unten bis etwa zwei Meter über dem Boden sind sie eng zusammen bevor sich ihre Äste weiter oben wieder trennen. Beide Bäumchen sehen vertrocknet aus, aber immer noch recht stabil.

Caroline steht regungslos etwa zwei Meter davor und betrachtet die Bäume. - Ich gebe ihr die Zeit, die sich braucht, bis sie eine Wahrnehmung oder einen Gedanken mit mir teilen möchte.

Einen Augenblick später: „Das sind meine Eltern - Mama und Papa." Eben noch fröhlich und locker, verändert sich jetzt deutlich ihre Mimik und sie wird ergriffen: „Ich bin traurig. - Traurig, dass sie nicht mehr da sind. Dass ich nicht mehr mit ihnen sprechen kann. Dass ich sie nichts mehr fragen kann. - Oh Mann!"

„Das kann ich gut verstehen." - Ich gehe etwas näher direkt neben sie und sage vorsichtig: „Caroline, schau mal. Deine Eltern sind Dir hier auf Deinem Ressourcen-Weg begegnet. Hier, wo Du Dinge findest, die Dir helfen. - Würde es Dir vielleicht helfen, wenn Du jetzt diese Chance hier nutzt, um Deinem Wunsch nachzukommen, Deinen Eltern etwas zu sagen oder sie zu fragen? - Magst Du das vielleicht machen?"

„Ja." antwortet sie leise.

„Dann sprich jetzt mit Deiner Mama und Deinem Papa so wie es gerade richtig für Dich ist."

Dann holt sie Luft: „Ich hab immer so viel machen müssen obwohl ich nur ein kleines Mädchen war: jeden Tag putzen, die Kühe versorgen und melken, und dann auch noch der Clara helfen, und fast nie Zeit zum spielen. - Das war viel zu viel. Das hättet ihr anders hinkriegen müssen."

„Und Mama, warum hast Du mir nicht erklärt, was mit dem Papa war, warum er sich umgebracht hat? Ich hab gedacht, ich hätte Schuld, weil ich nicht brav oder nicht fleißig genug oder zu schwach war, oder so. - Mittlerweile weiß ich, dass sich Kinder immer eine Mitschuld geben, wenn etwas Schlimmes passiert, das sie sich nicht erklären können und das ihnen eben auch kein Erwachsener erklärt. Und so war das bei mir auch." - Und mit feuchten Augen: „Verdammt nochmal! Warum hast Du mir nichts erklärt? Dann wäre alles viel leichter gewesen!"

„Und Papa, Du warst immer so stur und kalt und hast uns nie gelobt. Wenn Du mit uns geredet hast, dann nur, um uns zu schimpfen, weil wir etwas falsch oder zu langsam gemacht hatten. - Und in den Arm genommen hast Du uns auch nie. - Mich nicht und die Clara nicht."

Danach wird sie leise und ihre Atmung beruhigt sich. Gibt mir wortlos ihre Symbole zum Halten - geht zu dem doppelten Baum - umgreift mit ihren Händen links und rechts die beiden Stämmchen - schließt die Augen - und lehnt langsam ihre Stirn genau an den Übergang von glatter zu grober Rinde - und verweilt so ungefähr zehn Sekunden lang. - Bis sie hörbar durch die Nase ganz tief ein- und ausatmet, los lässt und wieder zurück kommt.

Dann nimmt sie ihre Symbole wieder, sieht sie mich an und sagt wieder gefasst: „Das war gut." und: „Ich brauche nicht mehr."

„Willst Du von Deinem Eltern-Symbol stellvertretend ein Stück mitnehmen?" frage ich eher rhetorisch.

„Nein, ich hab das Bild und alles in mir, das reicht." antwortet sie ruhig.

Nach diesem intensiven Moment gehen wir in die Mitte des Weges zurück und als sie mich in Erwartung einer Fortsetzung ansieht, leite ich zum nächsten Schritt über: „Da Du jetzt genug gefunden hast: Lass uns doch mal einen Blick auf alles werfen!" - Mit Blick auf die Symbole: „Welche Ressourcen und Möglichkeiten hast Du gefunden?"

„Als erstes die 'Gartengruppe', dann 'Clara' und 'Männer und Morgens'. Ja, und natürlich meine Eltern als Bild in mir."

„Prima, da hast Du wirklich ganz tolle Sachen gefunden. - Wir gehen gleich wieder auf dem Weg zurück nach vorne, um darüber zu sprechen, was Du ganz genau als nächstes tun willst. - Wir planen also genauer

Deine nächsten Schritte, um Dein gutes Ergebnis, Dein Ziel zu erreichen. - Okay?"

„Verstanden, ja."

„Und weil es schon ein bisschen her ist, lese ich kurz vor, was Du vorhin formuliert hast: „Ich will Möglichkeiten finden für mehr Ansprache, Unterstützung und Berührungen, um mehr Liebe und Leichtigkeit in mein Leben zu bekommen". - Dafür hast Du jetzt schon richtig viel gemacht. Jetzt geht es also nur noch darum, dass Du ganz genau weißt, was Du in den nächsten Tagen, Wochen oder Monaten damit anfängst, welche Möglichkeiten Du ausprobierst. - Und weil ich denke, dass es passt, holst Du jetzt bitte Dein Notizbuch raus, um Dir alles Wichtige aufzuschreiben: Deine gefundenen Symbole, Ressourcen, schöne Gedanken und dann beim Zurückgehen auch die konkreten Schritte, vielleicht zeichnest Du ja auch gerne. - Wenn Du schreibst, kann ich gerne Deine Symbole halten, wenn Du magst."

Als sie Buch und Stift in Händen hält, ergänze ich: „Schreib bitte zunächst auf, was bis hierher alles war. Wenn Du Hilfe beim Erinnern brauchst, sagst Du mir das bitte."

Sie schreibt eifrig los und macht kleine Skizzen. Weil es etwas länger dauert, setzen wir uns dafür an der kleinen Wegböschung ab.

Beim dritten fragt sie kurz: „Der Hahn ist 'Männer' und?" Ich ergänze: „Morgens." - „Ach ja, genau." - Nach dem Notieren von 'Eltern' ohne Skizze dazu, sieht sie mich an: „Hab ich soweit."

„Gut, dann stehen wir auf, um beim langsamen Gehen weiter zu machen. Da ist man kreativer als im Sitzen. - Also wir fangen vorne an mit der 'Gartengruppe' - was willst Du tun?"

„Ich frage gleich morgen in der Arbeit meine Kollegin nach dem Namen und einem Kontakt. Vielleicht haben die ja auch eine Internetadresse, wo ich mich informieren kann." schießt sie los.

„Ich hab es gerne ganz genau: Wie heißt die Kollegin? Und um wieviel Uhr fragst Du sie?"

„Die Jenny frag ich in der Mittagspause zwischen zwölf und eins. Ich frag sie, ob sie mit mir etwas Kleines essen will und dabei frage ich sie nach dem Garten-Projekt."

„Und dann?"
„Dann erzähle ich Abends meiner Marie davon und frage sie, ob sie Lust hat, mal mit hin zu gehen. Da wird es sicher mehrere gute Zeiten geben, die müssen sich ja täglich um die Pflanzen kümmern."

„Okay, prima. Schreib es Dir bitte auch auf, vielleicht mit einem dicken Pfeil nach rechts oder dem Wort 'Termin' dabei oder anders hervor gehoben."

„Gut, wir gehen wieder langsam weiter. - So, jetzt 'Clara'. Was machst Du?"
„Ich rufe sie am Wochenende an. - Gut, genauer: morgen Abend so gegen halb acht. Dabei machen wir ein längeres Gespräch aus, falls es gerade unpassend ist und ich frage, ob ich sie in den nächsten Ferien oder an einem Wochenende mal besuchen kann."

„Schön!" sage ich und sie notiert gleich. - „Und jetzt 'Männer und Morgens'. Also vielleicht erst mal 'Männer'. - Was willst Du tun?"
„Also gut, wenn ich den neuen Nachbarn das nächste Mal sehe, lasse ich mich auf ein Gespräch ein. Aber nur, um fest zu stellen, ob er vielleicht doch ein bisschen nett ist."

„Was noch außer dem Nachbarn? Du hast ja nicht 'Mann' sondern 'Männer' gesagt. - Bitte noch eine Idee, die mit anderen Männern zu tun hat."

„Andere Männer? - Auf der Arbeit kann ich mir das gerade überhaupt nicht vorstellen. - Aber vielleicht bei dem Garten-Projekt, da laufen bestimmt auch ein paar selbstbewusste Hähne herum. Die lasse ich dann krähen und ich höre ihnen wohlwollend zu, um heraus zu finden, ob sie nett sind. - Ja, das kann ich mir gut vorstellen."

„Gehst Du dort dann regelrecht auf die Suche nach einem Mann oder wie?"

Sie antwortet schlagfertig mit einem Grinsen: „Nein, ich hab ja heute gelernt, dass ich nicht suchen brauche, um zu finden. Ich bin einfach nur da, mache die Arbeiten, unterhalte mich locker dabei, wenn es sich ergibt und bin bei allem aufmerksam - mit allen Sinnen dabei, so zu sagen."

„Sehr schön. - So, und 'Morgens' gehört noch dazu?"

„Gleich heute Abend werde ich Marie erzählen, was wir gemacht haben, und was ich machen will. Auch, wie wichtig sie für mich ist, wie stolz ich auf sie bin und dass ich sie ab jetzt mindestens einmal am Tag in den Arm nehmen möchte. - Und morgen früh, so gegen halb acht, wenn sie zur Schule geht, umarme ich sie ganz herzlich. Ob immer ein Kuss möglich ist, muss ich sehen. - Ja, und dabei lade ich sie gleich zum Shoppen am Samstag ein. Dabei kaufe ich mir dann, nach sehr ausführlicher Beratung mit Testen, L'Occitane de Provence, mindestens eine Creme. Und sie darf sich in der Stadt auch was Schönes kaufen. - Da freue ich mich jetzt schon drauf!"

„Das wird sicher toll! - Und wann wirst Du dann ab nächster Woche früher aufstehen, um die neue Creme zu genießen?"

„Mei, bist Du genau. - Bisher stehe ich um sieben auf, ab Montag dann um halb sieben. Am Wochenende schlafen wir gerne aus. Da stehe ich nicht früher auf. - Aber da werde ich auch endlich wieder mal in die Sauna gehen sobald es herbstlich kalt ist. Da fühle ich mich körperlich auch sehr wohl."

„Prima! - Was fehlt noch?"

„Meine Eltern. - Wenn ich Bedarf habe, kann ich ja wieder mit ihnen sprechen. Wahrscheinlich dann auch wieder im Wald. Hier oder woanders."

„Das ist gut."

„So, jetzt sind wir wieder am Beginn des Weges. - Wir drehen uns jetzt bitte um und schauen zurück mit den Symbolen in Deiner Hand. - Du hast sehr schöne und eindrückliche Symbole gefunden und Du hast sogar zu Deinen Eltern gesprochen. Du weißt auch, was Du als nächstes tun wirst. - Vorhin warst Du bei drei, was Deine Möglichkeiten angeht, um mehr Ansprache, Unterstützung und Berührungen zu bekommen. - Wo bist Du jetzt?

„Also, das hat mir wirklich sehr geholfen und ich bin auch sehr zuversichtlich. - So bei acht bis neun. Ich muss ja auch noch was tun."

„Von drei auf acht bis neun. Das ist sehr gut. Du hast aber auch ganz toll gearbeitet."

„Ich danke Dir!" sagt sie und streift mir freundschaftlich über den Oberarm.

„Hast Du alles aufgeschrieben? - Dann würde es mich natürlich sehr interessieren, wie Deine nächsten Schritte klappen und was sich wie bei Dir entwickelt. - Für ein Umsetzungsgespräch, wie ich es nenne, könnten wir uns treffen oder telefonieren. Wie es Dir lieber ist. Wann denkst Du, ist es sinnvoll? Wann wird bei Dir schon einiges passiert sein?"

„So in vier Wochen?"

„Wann genau? - Vielleicht auch wieder am Donnerstag, Abends nach der Arbeit?"

„Ja, das ist gut. Um halb acht. Ich rufe Dich an."

„Wunderbar! Dann sind wir damit fertig! - Jetzt haben wir uns aber eine schöne Pause verdient. - Was denkst Du, wie spät es ist?" frage ich mit Blick auf mein altes Handy.

„Keine Ahnung, Ich hab gerade kein Zeitgefühl - vielleicht so halb eins?"

„Es ist schon kurz nach zwei."

Magen und will Mittagessen." „Echt? Deshalb knurrt mein

Nach unserem ausführlichen Genießen von reichhaltig belegten Dinkel-Stangen, die wir noch mit Kräutern, Gewürzen und roten und gelben Bio-Aufstrichen feiner machen, sind wir angenehm satt. - Caroline ist sich sicher, dass es für heute reicht und nimmt mein Angebot an, beim Rausgehen nur noch eine leichte Übung im Gehen zu machen, als Zusammenfassung, für Entspannung und Ermutigung. Also packt sie ihre Sachen in den Rucksack, mit ihren Symbolen oben drauf. Mein Zeug stelle ich in die Hütte und schließe ab. Nachher muss ich noch aufräumen.

Zunächst gehen wir zum Genießen des schönes Waldes, und ohne reden zu müssen, nebeneinander bis zum Hauptweg nach oben. Dann bitte ich Sie: „So, Caroline, geh jetzt bitte ganz bewusst so, wie Du gehst, wenn es Dir gut geht, wenn Du Dich richtig wohl fühlst. - Einfach so dahin!"

Sie geht los und ich ergänze: „Ja genau, ganz entspannt, ganz angenehm. So wie Du gehst, wenn's Dir gut geht. - Und es geht immer noch ein bisschen angenehmer und schöner." Als ich an ihrem Grinsen sehe, dass es ihr Spaß macht: „Genau, es darf auch Freude machen."

„Und bemerke bitte auch, was Du gerade genau machst, mit den Beinen, Armen, Händen, mit dem Kopf oder anderen Körperteilen. - Bemerke, was Du machst und wie es angenehm ist und gut tut."

„Und alles, was gut tut, darfst Du auch noch ein bisschen mehr machen, wenn Du magst, damit es noch schöner und angenehmer ist."

„Genieße es in der Art und Weise wie es gerade gut für Dich ist. - Nur für Dich - Und jetzt bin ich leise, damit Du in Ruhe genießen kannst."

Dann lasse ich sie für mehrere Hundert Meter so gehen und halte mich zurück, in dem ich bis zur nächsten Weggabel auch abschalte und entspannt vor mich hin gehe.

Als wir dort sind, fange ich wieder an, zu sprechen: „So, wir halten kurz an. Caroline, bevor wir so noch weiter gehen. Nimm jetzt bitte Dein Schneckenhaus heraus und trage es in Deiner Hand." Sie holt es aus ihrer Jackentasche, betrachtet es kurz und schließt dann ihre Hand. - „Wir gehen einfach so weiter. Und ich erzähle dabei ein paar Dinge, die ich mir von heute gemerkt habe. Du darfst einfach nur hinhören, nach vorne schauen und angenehm weiter gehen." laufen wir los.

„Heute Morgen habe ich bei unserer Sinnesübung bemerkt, dass Du zunächst nur sehr wenig und nur Dinge wahrgenommen hast, die weit weg von Dir waren: zum Beispiel entfernte Geräusche oder Wolken im Himmel. Dann bist Du immer näher zu Dir selbst gekommen. Hast Dich selbst wahrgenommen. Hast auch ein Symbol für Dich selbst gefunden, ohne, dass Du gesucht hättest: das Schneckenhaus in Deiner Hand.

Dann hast Du Dich erinnert, wann es schon als kleines Mädchen angefangen hat, schwer zu werden und zu viel. Und dann hast Du das als große Caroline später auch Deinen Eltern gesagt. Alles, was damals nicht gut oder schwierig war.

Du hast dann beim Ressourcen Finden richtig gute Möglichkeiten auf deinem Weg zu mehr Liebe und Leichtigkeit entdeckt. Die ganz konkret wurden, und die Dir helfen werden, um mehr Ansprache, Unterstützung und Berührungen zu bekommen. Die Du alleine machen kannst und gemeinsam mit netten, lieben Menschen: Deiner Schwester, Deiner Tochter und vielleicht sogar mit Männern." Sie schmunzelt wieder und sieht kurz nach rechts zu mir.

„Und das alles hast Du selbst geschafft. Du selbst kannst Dir am besten helfen. Du hast es selbst in Deiner Hand, so wie gerade Dein Schneckenhaus - ganz leicht und doch ganz sicher." - Dann bin ich wieder ruhig und wir gehen noch etwa einhundert Meter, bis wir da sind.

Am Parkplatz angekommen, bleiben wir hinter den Autos stehen und ich frage Sie: „Caroline, wie geht es Dir?"

Sie antwortet: „Gut. Sehr gut. - Vielen herzlichen Dank für Deine Unterstützung. Du hast mir wirklich sehr geholfen."

„Danke sehr, das freut mich, so soll es sein. Es war sehr schön, Dich heute zu begleiten. - Ich freue mich, Dich schon in vier Wochen wieder zu hören. Wir werden dann auch sehen, ob Du noch weitere Hilfe von mir brauchst oder möchtest."

„Ja, genau." - Mit einer Umarmung begleitet von „Mach's gut. Komm gut heim." verabschieden wir uns.

Dann steigt sie in ihr Auto und fährt winkend an mir vorbei. - Ich frage mich noch kurz, was wohl die zweite Verletzung war. - „Vermutlich ein Beziehungsding" reicht mir als abschließender Gedanke: „Fertig - geschafft - gut gelaufen - nichts, was mich länger beschäftigen müsste." bin ich erleichtert. Das war auch schon anders, zum Beispiel nach einem Coaching mit einer mir bekannten Frau, in dem erlebter Missbrauch das Hauptthema war und mich die Erinnerung ans Coaching zu Hause ein paar Mal sehr traurig gemacht hat. - Ich habe von anderen Kollegen gehört, die grundsätzlich große Schwierigkeiten haben, sich zu distanzieren und die Dinge dann mit nach Hause und in ihren Schlaf nehmen.

Ein Satz, den ich mir bei aller Hilfsbereitschaft gegen Ende des Arbeitstages im Wald gerne leise vorsage oder laut denke, hilft mir bei heftigen Sachen ungemein zum Trennen. Dafür, dass ich nichts von der Arbeit mit nach Hause nehme, sondern da lasse, wo es gut aufgehoben ist:

„Das Problem gehört dem, der es hat."